Eine Königin

Ottilie Wildermuth

Impressum

Autor: Ottilie Wildermuth
Umschlagkonzept: toepferschumann, Berlin

Verlag: tredition GmbH, Hamburg
ISBN: 978-3-8424-7104-7
Printed in Germany

Tucholsky Wagner Zola Scott Sydow Freud Schlegel
Turgenev Wallace Fonatne
Twain Walther von der Vogelweide Fouqué Friedrich II. von Preußen
Weber Freiligrath Frey
Fechner Fichte Weiße Rose von Fallersleben Kant Ernst Richthofen Frommel
Hölderlin
Fehrs Engels Fielding Eichendorff Tacitus Dumas
Faber Flaubert
Feuerbach Maximilian I. von Habsburg Fock Eliasberg Zweig Ebner Eschenbach
Ewald Eliot
Goethe Elisabeth von Österreich London Vergil
Mendelssohn Balzac Shakespeare Dostojewski Ganghofer
Lichtenberg Rathenau
Trackl Stevenson Hambruch Doyle Gjellerup
Mommsen Tolstoi Lenz
Thoma Hanrieder Droste-Hülshoff
Dach Verne von Arnim Hägele Hauff Humboldt
Reuter
Karrillon Rousseau Hagen Hauptmann Gautier
Garschin
Damaschke Defoe Hebbel Baudelaire
Descartes Hegel Kussmaul Herder
Wolfram von Eschenbach Dickens Schopenhauer
Bronner Darwin Melville Grimm Jerome Rilke George
Campe Horváth Aristoteles Bebel Proust
Bismarck Vigny Barlach Voltaire Federer Herodot
Gengenbach Heine
Storm Casanova Tersteegen Grillparzer Georgy
Chamberlain Lessing Langbein Gilm
Brentano Lafontaine Gryphius
Strachwitz Claudius Schiller Kralik Iffland Sokrates
Katharina II. von Rußland Bellamy Schilling
Gerstäcker Raabe Gibbon Tschechow
Löns Hesse Hoffmann Gogol Wilde Vulpius
Luther Heym Hofmannsthal Gleim
Roth Heyse Klopstock Klee Hölty Morgenstern Goedicke
Luxemburg Puschkin Homer Kleist
La Roche Horaz Mörike Musil
Machiavelli
Navarra Aurel Musset Kierkegaard Kraft Kraus
Nestroy Marie de France Lamprecht Kind Kirchhoff Hugo Moltke
Nietzsche Nansen Laotse Ipsen Liebknecht
Marx
von Ossietzky Lassalle Gorki Klett Leibniz Ringelnatz
May vom Stein Lawrence Irving
Petalozzi Knigge
Platon Pückler Michelangelo Kafka
Sachs Poe Liebermann Kock Korolenko
de Sade Praetorius Mistral Zetkin

Der Verlag tredition aus Hamburg veröffentlicht in der Reihe **TREDITION CLASSICS** Werke aus mehr als zwei Jahrtausenden. Diese waren zu einem Großteil vergriffen oder nur noch antiquarisch erhältlich.

Symbolfigur für **TREDITION CLASSICS** ist Johannes Gutenberg (1400 — 1468), der Erfinder des Buchdrucks mit Metalllettern und der Druckerpresse.

Mit der Buchreihe **TREDITION CLASSICS** verfolgt tredition das Ziel, tausende Klassiker der Weltliteratur verschiedener Sprachen wieder als gedruckte Bücher aufzulegen – und das weltweit!

Die Buchreihe dient zur Bewahrung der Literatur und Förderung der Kultur. Sie trägt so dazu bei, dass viele tausend Werke nicht in Vergessenheit geraten.

1.

Auf einem freien Wiesenplatz stand das Haus des Tannenbauern, das schönste und stattlichste Bauernhaus weit in die Runde. Es war Samstag Abend, der Vorabend des Sabbats, und in Häusern, wo man noch auf gute alte Sitte hält, wird dieser schon in Ruhe und Stille verbracht, um dem Sonntag guten Weg zu bahnen.

So bot denn auch heute der Vorplatz vor dem Haus das Bild einer friedlichen Tätigkeit, nicht des hastigen Treibens der Wochentage, wo eine Arbeit die andre drängt. Die Ahne hatte Kunkel und Spinnrad beiseite getragen und saß an dem wärmsten Plätzchen, welches der letzte Strahl der Abendsonne berührt, das kleine Gretchen auf dem Schoß; der Bauer, ein stattlicher, wohlhäbiger Mann, saß auf dem Stuhl und schälte Weiden; der Oberknecht machte sich mit einer Reparatur zu schaffen, während der Handknecht eben die Reinigung des Stalles beendigt hatte. Selbst der Schneider, der die Woche über da gearbeitet hatte, war eingeladen worden, über den Sonntag zu bleiben und genoß mit den andern der Ruhe des Feierabends. Die Mägde saßen bei der Bäuerin und schälten Kartoffeln und die kleinen Buben purzelten auf dem Boden; Lise, das größte Töchterlein, strich die neue Schürze glatt, die ihr die Näherin zum Sonntagsstaat noch fertig gemacht; in den niedrigen Ästen der großen Linde aber saß Margetle, das arme Kind einer verstorbenen Spinnerin, das man um der Gotts willen auf dem Hof behalten hatte.

»Morgen Nacht fahren sie alle furt nach Amerika,« unterbrach der Schneider das geruhige Schweigen, in dem die Gesellschaft ihre Geschäfte besorgte; »ein ganzer Wagen voll, des Adlerwirts Christoph geht auch noch mit.«

»Mir z'lieb wohl,« sagte der Bauer; »ich heb' keinen, mir ist's lang wohl daheim.«

»Das glaub' ich,« sagte etwas schüchtern eine der Mägde; »Ihr habt gut reden, Vetter; aber ich möcht' doch auch noch hinüber! So ein armer Tropf wie ich, kann nichts Besseres tun; wer weiß, was dort noch aus einem wird!«

»Da möcht' ich lieber in einen Stadtdienst,« sagte halblaut die andre Magd;»das ist nicht so weit, und verdienen kann man auch was, und schöne Kleider tragen.«

»Und ich möcht' Soldat werden!« schrie der kleine Michele, der hörte, daß es sich um einen Beruf handle;»aber ein echter, mit einem Gaul und einer goldigen Trompet!«

»Und ich ein Metzger!« rief der Jakoble;»da kommt man so weit 'rum durchs ganze Land und kauft das schönste Vieh; und was wirst du, Georg?«

»Ein Hofbauer,« sprach dieser, der älteste Sohn und Erbe des Hauses, mit großem Selbstgefühl;»Besseres gibt's nicht und schöner ist's auch nirgends als da.«

»Das mein' ich gerade nicht, ich möchte lieber eine Frau Schultheißin werden oder eine Stadtfrau,« meinte Lise mit vornehmem Gesicht;»da hat man Geld genug und braucht sich nicht zu plagen.«

»Freilich, du weißt's!« fuhr die Bäuerin ärgerlich auf;»das ging mir doch ab, so ein Lumpenleben, wo man das Mehl kaufen muß und bei jedem Bissen, den man schluckt, weiß, für wieviel Kreuzer das ist!«

»Na, was willst denn du werden?« rief nun, den Streit zu unterbrechen, der kluge Schneider zu dem Margetle hinauf, mit der er schon seinen gnädigen Spaß haben konnte;»Scheurenpurzlerin[1] vielleicht?«

»Eine Königin,« gab die ganz ruhig zur Antwort.

Ein schallendes Gelächter brach drunten los; das Gottswillenkind, das arme Margetle eine Königin!

»Du bist nicht unkeck,« meinte der Schneider;»wie willst's denn angreifen, daß du eine wirst?«

»Ja, dafür sorg' ich nicht!« rief Margetle lustig herunter;»mir hat's eben einmal geträumt, ich sei eine Königin mit einer goldigen Kron' auf dem Kopf, da werd ich's schon noch werden. Weißt, Schneider, so was kommt von selber; das kann man nicht lernen wie's Schneiderhandwerk!«

---

[1] Scheurenpurzler nennt das Landvolk Seiltänzer, Taschenspieler u. d gl.

Jetzt lachte man den Schneider aus, der gar nicht mehr Lust hatte, sich mit dem Mädchen einzulassen.

»Geh nur derweil 'runter, Frau Königin, und leere die Kartoffelschalen in die Schweinekoben!« rief die Bäuerin hinauf.

Margetle hüpfte herunter wie ein Vogel und lachte herzlich mit den andern über ihr königliches Geschäft; es dunkelte jetzt und man mußte ins Haus.

Von dem Tag an hieß Margetle die Frau Königin und wurde gar vielfach ausgelacht und verhöhnt mit ihrer Königswürde. Sie ließ sich das gar nicht anfechten und ging fröhlich ihres Wegs; es war auch nicht möglich, ihr viel zuleide zu tun; denn ein gutherzigeres, lustigeres Geschöpf gab's auf der weiten Welt nicht als das Margetle; sie sang vom frühen Morgen an, und wenn sie den ganzen Tag von allen im Haus von einem Geschäft zum andern gejagt worden war, so hüpfte sie am Abend noch wie eine junge Wachtel.

Und etwas von einer Königin war doch in ihr; so demütig und gutwillig zu allem sie auch war, so gering geachtet als ein blutarmes Kind, – es konnte ihr niemand zuwider sein. Die wilden Buben des Bauern hatten sie freilich zu Anfang für nicht viel Besseres als ein Hündlein gehalten, an dem sie allen Mutwillen üben dürften: da sollte sie bald auf allen Vieren gehen wie ein Hund, bald auf sich reiten lassen wie ein Pferd; bald schoben sie ihr die Steine von gestohlenen Zwetschen, die sie gegessen hatten, in die Tasche, damit sie die Strafe für den Diebstahl treffe. Die Bäuerin schalt wohl hier und da darüber, aber sie schritt nie ernstlich ein; sie dachte, so einem »Gottswillenkind« schade es nicht, Wenn es beizeiten lerne, sich etwas gefallen zu lassen. Die Lise ohnehin kam sich erschrecklich vornehm vor gegenüber dem armen Waislein in seinem lumpigen Röckchen; so hatte das Kind niemand, dem es sein Herzlein ausleeren konnte, als den lieben Gott, zu dem es die Mutter frühe beten gelehrt. Der hatte ihr aber eine köstliche Mitgabe gegeben: einen allzeit fröhlichen und zufriedenen Sinn, der alles Trübe, das ihr widerfuhr, abschüttelte wie ein Täublein den Regen von seinen Flügeln. Ich weiß gar manches glückliche Kind guter Eltern, das in einem Tage mehr zu schmollen und zu klagen hat, als das Margetle in einem Jahr.

Und dann hatte sie ein paar helle Augen und geschickte Finger; sie versäumte gar keine Gelegenheit, wo sie etwas lernen konnte, und wußte sich jedem lieb und nützlich zu machen. Wollte der Michele sein wildes Spiel mit ihr treiben, so sagte sie »Ach, das ist dumm; paß einmal auf, Michele, was ich für eine schöne Geschichte weiß!« und ehe man sich's versah, saßen nicht nur der Michele, sondern auch die andern Buben horchend um Margetle, die von der Mutter her noch verwunderlich schöne Geschichten wußte von der heiligen Genoveva und den Haimonskindern und noch viel schönere. Die Lise, so gern sie Staat machte, war doch ein wenig schlampig und hatte allzeit etwas zu suchen, von dem die Mutter aber nichts wissen sollte. »Wo hab' ich denn wieder meinen Wirtel?« fragte sie unwirsch: »hab' ihn doch erst gestern noch gehabt, jetzt ist er nirgends.«

»Hast ihn gestern nacht auf dem Boden liegen lassen,« wußte Margetle; »da hab' ich ihn in deine Schublade gelegt.«

Lise war eine schlechte Spinnerin; sie hatte von der Näherin häkeln gelernt, das kam ihr eine viel schönere Arbeit vor, und doch wollte die Bäuerin so ein unnötiges Geschäft durchaus nicht dulden. Da sah ihre Kunkel oft gar traurig aus: das Garn fiel von der Spindel, der schöne Hanf war zerzaust wie altes Werg und die Mutter schalt und brummte. Margetle aber hatte früher als andre Dorfkinder von ihrer Mutter fein spinnen gelernt, obgleich ihr die Bäuerin nichts zutraute und ihr nur den gröbsten Hanf überließ. Da erbarmte sie das verwahrloste Spinnwerk der Lise. »Komm, darf ich dir nicht anheften?« fragte sie, wenn die Mutter aus der Stube war, und in kurzem waren die abgebrochenen Fäden weggesponnen, das Werg in Ordnung, das Garn auf der Spindel, so daß die kleine Magd sagte: »Das Margetle ist ein Hexle,« und Lise ihr nichts mehr zuwider tun wollte. Mit der lautern Freundlichkeit und Dienstwilligkeit wußte so das kleine Ding sich alle dienstbar zu machen; jedes tat ihr gern einen Gefallen, und keines merkte, sie selber am wenigsten, daß sie ihr alle zu willen lebten.

Mit ihrem flinken Schnäbelchen durfte sie gar manches sagen, das einem andern schlecht bekommen wäre. Der Oberknecht war einmal schwer betrunken nach Haus gekommen, nicht zum erstenmal; am andern Tag trieb er sich mürrisch und verdrießlich, mit verbundenem Kopf, auf dem Vorplatz um, wo Margetle eben etwas auswusch. »Weißt auch, Kaspar,« fragte sie, »was für ein Unterschied ist zwischen einem Ochsen und dir?«

»Na, was für einer?«

»Ein Ochs säuft, bis er voll ist, und du säufst, bis du toll bist,« sagte Margetle und lief geschwind der Linde zu; denn sie traute nicht recht, wie ihr Witz aufgenommen werde.

»Wart, du kleine Kröte!« schrie der Knecht und rannte ihr nach mit geballter Faust; »ich will dir auch einen Unterschied zeigen!«

»Ich weiß noch einen!« rief Margetle in großer Angst vom Baum herab, auf den sie sich geflüchtet hatte.

Der Kaspar war heut nicht gelenkig genug, ihr nachzuklettern und blieb stehen.

»Wenn ein Ochs im Zorn ist,« rief Margetle, »so stößt er gerade zu mit den Hörnern auf jedermann; der Kaspar aber ist gescheit und denkt: ein andermal trink ich gar keinen Rausch mehr, daß mich so eine kleine Kröte nicht mehr auslachen kann.«

»Hast auch recht,« brummte Kaspar und ging seiner Wege, und eine gute Zeitlang wunderte sich der Bauer, wie's denn komme, daß der Kaspar jetzt so selten mit schwerem Kopf heimkomme.

Margetle sah gar viel mit ihren hellen Augen, was die Leute gern ungesehen tun wollten. Sie lief dann nicht gleich zur Bäuerin, um es anzugeben; aber sie wußte da und dort in ganz netter Weise die Leute davon abzubringen. Sie tat das fast ohne Absicht; sie besann sich nicht darauf; aber eine heilige Scheu vor dem Unrecht, welche ihr Gott ins Herz gelegt, und welche die Mutter genährt hatte, ließ sie oft gerade das rechte Wort zu rechter Zeit finden.

Es kam der Bäuerin ein großer Luxus vor, daß sie das Gottswillenkind auch noch in die Schule schicken sollte; Pfarrer und Schulmeister, die froh waren, daß das verwaiste Tröpflein eine gute Unterkunft gefunden, mochten nicht streng darauf dringen. So ließ man das Margetle nur zur Schule gehen, wenn es sonst gar nichts für sie zu tun gab, und das war nicht oft. Aber sie wußte die wenigen Stunden so gut zu benutzen, paßte so wohl auf und gebrauchte die Schreibhefte, die ihr andre Kinder borgten, so emsig, daß sie gar nicht hinter den Schülern ihrer Klasse zurück war, und manchmal noch der Jungfer Lise bei ihren Aufgaben helfen konnte. Der Lehrer gab ihr oft Rechenaufgaben mit nach Haus; da setzte sie sich Sonntag abends auf ihre Linde und studierte daran; war sie fertig, so schrie sie mit hellem Jubel:»Ich hab's!« und hüpfte mit einem Satze herunter.

Freilich fand sie dann selten jemand, der ihr Vergnügen teilte; der Georg höchstens ließ sich's von ihr erklären, wie das Exempel so schwer gewesen sei, und wie es nun samt der Probe richtig herauskomme; aber das Studium war seine Sache nicht, er nickte nur mit dem Kopf dazu.

Hanne, die jüngere Magd, die soviel Lust nach Amerika hatte, mußte gewöhnlich Butter und Eier in die Stadt zum Verkauf bringen; gab es viel zu tragen, so mußte Margetle sie begleiten. Seit längerer Zeit war die Bäuerin, deren Butter immer sehr gesucht war, nicht mehr so recht mit dem Erlös zufrieden; sie traute aber der Hanne, die sie treuherzig versicherte:»G'wiß und wahrhaftig, Bäs,[2] man kriegt wirklich nimmer soviel wie vor Zeiten.«

Margetle aber merkte bald, daß die Hanne mehr Geld einnahm, als sie der Bäuerin brachte, und daß sie ihr eigenes Beutelein führte; dies Geheimnis drückte ihr kleines Herzchen schwer.

Eines Tages, als sie von der Stadt zurückkehrten, ging die Magd eines bekannten Hauses eine Strecke mit ihnen. Die war im Begriff, in den nächsten Tagen nach Amerika abzusegeln, und die zwei Mädchen ergingen sich schon im Gespräch in den Herrlichkeiten der Neuen Welt.

»Ich kann heuer nimmer fort,« sagte Hanne,»'s dauert gar lang, bis man's Geld beisammen hat; in der Stadt geht das geschwinder.«

»Ja, der Lohn ist dort wohl größer,« meinte die Stadtmagd;»aber ihr auf dem Dorf, wo soviel Sach ist, ihr solltet viel leichter zu einem kleinen Profit kommen.«

Hanne wollte das nicht zugeben. Die Stadtmagd ging ihren eignen Weg und Hanne wandelte bedenklich dem Dorfe zu.

---

[2] Base und Vetter sind bei den Bauern in einem Teil Schwabens die gewöhnliche Anrede der Dienstboten an die Herrschaft.

»Ich tat' mich aber doch fürchten in dem Amerika,« sagte endlich die Kleine;»über ein so großes, großes Wasser!«

»Ja, das muß freilich gräuselich sein,« sagte Hanne;»aber 's ist nur bis man drüben ist, dann denkt man nimmer dran.«

»Aber es gehen doch viele Schiffe unterwegs unter.«

»Kommen aber auch eine Last (Menge) Leute ganz gut hinüber,« sagte Hanne beruhigt.

»Ich möchte nur wissen, ob's wahr ist,« fing die Kleine, ernsthaft an –

»Was wahr ist?«

»Das alle Schiffe untergehen müssen, auf denen unrecht Geld und Gut ist.«

»Bah, glaub' das nicht!« sagte Hanne etwas erschrocken;»da käme keins ganz hinüber, wo so vielerlei Leute beisammen sind.«

»Ich hab auch den Schulmeister gefragt,« fuhr Margetle fort.»Der sagte, er wisse nicht, ob's wahr sei; aber ein Vorbild sei das jedenfalls, wie es uns gehen werde auf der Überfahrt zur Ewigkeit; da werde jeder ungerechte Kreuzer immer schwerer und schwerer, und ziehe die Seele immer tiefer und tiefer hinunter bis in die Hölle.« Hanne sprach kein Wort mehr. Als sie heimkamen und sie den Erlös ablieferte, wunderte sich die Bäuerin, daß sie diesmal soviel eingenommen. Margetle schlief in der Kammer der Mägde auf einem Strohsack; sie hörte in dieser Nacht, daß Hanne nicht viel schlief und daß sie einmal mitten in der Nacht aufstand, an ihren Kasten ging und Geld zählte. Die Kleine rührte sich nicht.

Am andern Morgen kam sie zu Hanne, die etwas Wäsche am Zaun aufhängte:»Hanne, tätest mich nicht meine Sprüch b'hören (überhören)? ich darf heut in die Schule.« Hanne war willig dazu und Margetle gab ihr das Buch und sagte her:»Was hilfe es dem Menschen, so er die ganze Welt gewänne, und nähme doch Schaden an seiner Seele, oder was kann der Mensch geben, damit er seine Seele wieder löse?«

»Nun noch einen:

Niemand unter euch leide als ein Mörder oder Dieb oder Übeltäter; leidet er aber als ein Christ, so schäme er sich des nicht.«

Hanne sah nicht vom Spruchbuch auf, das ihr Margetle hingeboten hatte, als diese weiter aufsagte:

»Wer gestohlen hat, der stehle nicht mehr, sondern er arbeite und schaffe mit seinen Händen etwas Gutes, auf daß er habe zu geben den Dürftigen.

Jetzt kommt der letzte:

Ei du frommer und getreuer Knecht, du bist über wenigem getreu gewesen, ich will dich über viel setzen; gehe ein zu deines Herrn Freude!«

»Das ist nicht umsonst,« sagte Hanne leise vor sich hin, als Margetle sich bedankte und mit ihren Büchern fortsprang.

Am nächsten Sonntag ging Hanne zum heiligen Abendmahl, was sie schon lange nicht mehr getan hatte. Einige Tage darauf erzählte die Bäuerin verwundert ihrem Mann:»Jetzt sag auch, Stoffele, wie ich heut meinen Milchkasten ausräum', da find' ich ganz im Eck in einem Papier wohl fünfzehn Gulden, lauter kleine Münz, und ich mag mich um und um besinnen, so hab ich's nicht da hineingelegt.«

»D' Erdluitle (Erdmännlein) werd'n's wohl 'neingelegt haben,« meinte scherzend der Bauer;»das liegt vielleicht noch von meiner Mutter selig drin, die hat gern ihr erspartes Geld so verschoben. Behalten dürfen wir's auf allen Fall.«

»Ja, das muß man aber zu besonderen Guttaten aufheben,« meinte die Bäuerin,»weil's so unverhofft kommt.« Dagegen hatte der Bauer nichts.

Von dem Tag an war die Hanne wie verwandelt; sie sah viel heller aus und war viel fröhlicher und williger zu allem. Und einmal nur sagte sie ganz heiter zur Kleinen:»Wenn ich nach Amerika geh', Margetle, so soll das Schiff leicht schwimmen, kein ungerechter Kreuzer darf mit.«

Da hätte wohl die kleine Königin fast stolz werden können, daß sie so Großes ausgerichtet; das wurde sie aber nicht. Als sie gemerkt hatte, daß Hanne betrogenes Geld zusammenspare, da hatte sie in ihres Herzens Einfalt zu Gott gebetet, er solle ihr doch Wege zeigen, wie sie es verhindern könne, ohne sie bei der Bäuerin anzugeben. Nun hatte Gott durch die Worte eines einfältigen Kindes ein Gewissen erschüttert, das indes ungerührt bei der täglichen Hausandacht und bei so mancher Predigt geblieben war. Dafür dankte Margetle Gott aus vollem Herzen, erzählte aber keinem Menschen davon.

Der Bauer war ängstlich vor Feuersgefahr und sah streng darauf, daß im Stall nicht geraucht werde. Melcher, der Handknecht, kümmerte sich darum wenig; er dampfte sein Pfeifchen im Stall und Scheune bei Tag oder bei Nacht, wenn er eben allein war. Den schweren Tritt des Bauern oder der Frau hörte er schon von weitem und konnte seine Pfeife stets zur rechten Zeit noch einstecken. Das leichtfüßige Margetle aber, das man zu jeder Stunde noch draußen herumjagte, das hatte es längst gemerkt; sie wußte aber wohl, daß es ihr höchstens ein paar Ohrfeigen von Melcher eintrage, wenn sie ihn abmahne, und vielleicht noch mehr, wenn sie's dem Bauer sage.

Es war im Winter, wo sich die Knechte auch abends in die warme Spinnstube setzen durften, als man einmal von einem armen Menschen im Dorfe erzählte, der heut ins Irrenhaus geführt worden war. Jedes wußte von ähnlichen Unglücklichen zu erzählen. Zuletzt kam's auch an Margetle; es hörten alle dem kleinen Stumper gern zu, weil sie gar nett erzählen konnte.

»Meine Mutter hat auch einen gekannt, wie sie noch gedient hat in ihrer Jugend, so einen armen närrischen Menschen; man hat ihn frei laufen lassen, weil er niemand etwas zuleide tat. Er lief herum ganz todbleich und tat nichts als Wasser tragen den ganzen Tag, bis er nimmer stehen konnte. Alle die Mägde in der Gegend haben sich ihr Wasser von ihm holen lassen. Wenn es Nacht geworden ist, hat man ihn einschließen müssen; sonst hat er alle Lichter ausgeblasen und alle Feuer ausgelöscht, wo er hat hinkommen können. Er hat nie etwas gesprochen; nur einmal im Jahr, da sei er den ganzen Tag wie rasend gewesen und habe immerfort geschrien: ›Feurio!‹ und jammervoll geheult dazu.«

»Wie ist er denn so worden?« fragte schaudernd die Magd.

»Es soll ein reicher Bauernsohn gewesen sein,« fuhr Margetle fort, »der nie kein Acht auf Feuer und Licht gehabt; wie's ihm seine Mutter auch gewehrt, er sei alleweil mit brennender Pfeife und bloßem Licht in Stall und Scheuer gegangen. Wie es gekommen ist, weiß ich nicht; aber einmal muß er nachts einen Funken verloren haben, der glostete fort, und um Mitternacht brachs Feuer hell aus. Es war ein dürrer Sommer und gab kein Wasser, so kam die Hilfe zu spät, und Haus und Scheuer und das arme Vieh in den Ställen ist alles verbrannt. Wie's Tag worden ist, fand man die Bäuerin und ihr jüngstes Kind nicht; der Sohn hat selber gesucht, und da seien sie unter zwei Balken gelegen, die Bäuerin mit dem Kind im Arm, ganz schwarz und verbrannt; sie haben gar nicht mehr Menschen gleichgesehen. Der Sohn hat sie begraben, ganz allein, daß es niemand sehen soll. Von Stund an aber ist er hintersinnig geworden und hat ihm kein Doktor auf der ganzen Welt mehr helfen können.«

Sie waren alle still geworden. Dem Melcher war seine Pfeife ausgegangen, er merkte es nicht. Als er in den Stall ging, um noch einmal nachzusehen, steckte er sie nicht in den Sack, wie er sonst pflegte, sondern er ließ sie auf dem Ofen liegen. Nächsten Abend, ehe er ging, sagte er zu Kaspar:»Du, heb' mir auch meine Pfeif' auf, bis ich wieder vom Stall komm', sie könnt' mir zerbrechen.« Und nach ein paar Wochen dachte er nicht mehr daran zu rauchen, solange er im Stall war.

So wurde für die kleine Königin der Verkehr mit Menschen nicht schwer, obgleich sie nur ein Gottswillenkind war; fast lieber noch verkehrte sie aber mit Tierlein, da war sie recht daheim und erst wie in einem Königreich. Wenn Lise einmal in den Hof trabte, um das Geflügel herauszulassen und zu füttern, da flatterte alles scheu auseinander und davon; fing aber Margetle an zu locken:»Komm, luck, luck, luck, luck!« da sprangen sie von allen Seiten herbei, Hühner, Enten und Tauben, und sie hätten ihr aus der Hand gefressen, wenn sie dazu Zeit gehabt hätte.

Der Bauer hatte auch eine kleine Schafherde besessen, die dem Flurschützen anvertraut war; der hatte aber wenig Glück damit gehabt, allerlei Krankheiten waren unter der Herde ausgebrochen, und zuletzt bekam der Bauer von seiner ganzen Zahl nur noch vier Stück. Die Schäferei war ihm entleidet, und er wollte die Schafe abtun lassen, es sei doch nicht der Mühe wert. Da bat aber das Margetle gar schön, er solle es doch probieren und die Schafe behalten; hinter dem Weidengraben sei ein Grasplatz, auf dem wenig wachse, das gebe noch eine prächtige Weide für die Tiere.

»Ja, wer soll sie aber hüten?«

»Ich, Vetter, ich lasse ihnen nichts geschehen,« bat Margetle. »Mit den paar Schafen werde ich gut fertig; wenn's weiter sind, kann man ja wieder sehen.«

Der Bauer gab nach. Am ersten sonnigen Tag durfte Margetle glückselig mit ihrer Herde ausfahren; sie hatte einen Schäferstab, fast länger als sie selbst war, ließ sich aber den Spott des andern Gesindes nicht anfechten, sondern bildete sich etwas Rechtes ein, als sie auf einem kleinen Hügel der Wiese saß und ihre vier Untertanen überschaute, die ihr in kurzer Zeit folgen lernten.

Bald wurde die kleine Herde um ein Lämmchen vermehrt; das war ein Jubel! Margetle pflegte es wie ein Kindlein und sah triumphierend um sich, wie sie das nächste Mal mit fünf auszog. Sie schonte und hütete es ganz besonders, und als sie heimzog von der Weide, mit einem Kranz von Wiesenblumen geschmückt, den sie sich draußen geflochten, da trug sie's auf den Armen, daß ihm ja nichts geschehen solle und es nicht zu müd werde vom Laufen. Die Schafmutter schien das für unnötig zu halten, oder fürchtete sie, man wolle ihr das Schäflein nehmen; sie trabte ganz dicht neben Margetle einher und blökte und mäte in einem fort zu ihr hinauf, und das Junge drehte sein Köpflein nach ihr und schien große Lust zu haben, herunterzuspringen. Margetle aber lachte sie alle zwei aus: »Schäm' dich. Alte, mit deinem Geblök! Sollt'st ja froh sein, daß ich dein Kleines nehme; du kannst's ja doch nicht tragen. Bist so alt und noch so dumm; das kannst du wissen, daß ich euch nichts tue. Und du, Klein's, sei nur zufrieden! Wenn der Weg eben ist, so darfst 'runter, wirst noch genug kriegen am Laufen.«

Weiß nicht, ob's die Schafe verstanden haben, aber sie wurden alle nach und nach recht folgsam.

Mit der Schule wurde es freilich gar nimmer viel, seit Margetle Schäferin geworden war; aber sie hörte nicht auf, die Aufgaben der andern fleißig zu benutzen, und die Einsamkeit ihres Schäferlebens war ihr dazu viel förderlicher, als das Getriebe auf dem Hof. Man hätte oft von weitem glauben können, da werde Kirche gehalten, wenn das Margetle auf ihrem Hügel saß und den Tag damit begann, daß sie ein schönes Morgenlied anstimmte; nachher sagte sie dann all ihre Sprüche her, die sie auswendig wußte, mit lauter, klarer Stimme; das klang wie eine Predigt, und es war auch oft still und heilig wie in einer Kirche in des Kindes Herzen, und sie wußte gar nicht, was auf der weiten Welt ihr noch fehlen könnte. Ich glaube, daß selten eine Königin so fröhlichen Mutes war, als das arme Gottswillenkind auf seiner einsamen Wiese.

Die Ahne war zu Anfang dem Margetle nicht besonders gut gewesen. Zwar die Spinnerchristel, Margetles Mutter, hatte sie Wohl leiden können; aber sie war nicht dafür gewesen, daß man das arme Kind auf dem Hof behalte. Für sie, eine reiche Bäuerin, deren Urahnen schon reiche Bauern gewesen waren, lag eine unendliche Kluft zwischen dem armen Mädchen und den Kindern ihres Sohnes; sie dachte, man solle das Mädchen ins Armenhaus tun; sähe man, daß sie gut einschlage, so könne man sie später immer noch zur Magd nehmen: doch hatte sie sich dareingefügt.

Das fröhliche muntere Wesen der Kleinen hatte sie zu Anfang mehr geärgert. Wenn sie lustig sang, so kam ihr das ein eitler Übermut und Leichtsinn vor von so einem armen Kind, dessen ganze Habe in einem Trüchlein stak. »Ja, sing' du nur,« sprach sie ärgerlich, »du hast's nötig!« Noch mehr aufgebracht wurde sie, als sie an jenem Abend das Margetle seinen Traum erzählen hörte; es war schon eine Frechheit, daß sich das Mädchen nur so etwas träumen ließ und es vollends zu erzählen! Es kam aber anders. Sie sah bald, trotz ihres Widerwillens, wie fleißig das Kind war, wie es überall die Augen offen hielt für den Nutzen des Hauses, und ward milder gegen es gestimmt. Die alte Frau wurde gebrechlich und hinfällig, sie konnte wenig mehr arbeiten; es war ihr eine Erquickung, im Sonnenschein auf der Bank vor der Haustüre zu sitzen. Der Bäuerin fiel es nicht ein, der Mutter diesen Ruhesitz zu mißgönnen; zudem hatte sie noch ein schönes Kapital in Händen, über das sie frei verfügen konnte, und mußte schon deshalb ästimiert werden. Aber die alte Frau konnte sich nicht mehr allein ankleiden, nicht mehr allein die Treppe von ihrem Stübchen herabkommen; da dauerte es oft lange, bis jemand Zeit fand, hinaufzugehen und ihr zu helfen. Kam sie dann lang nicht, so hieß es wohl: »Herrje, wo ist d' Ahne? Lise, bist du nicht bei ihr gewesen?«

»Nein, ich hab' glaubt, d' Hanne sei 'nauf;« und die Hanne meinte, die Frau sei oben gewesen.

Das Margetle, die jetzt früh mit ihren Schafen auszog, hatte das nicht gleich bemerkt; an den Tagen aber, wo sie nicht fort konnte, sah sie bald, wo es der Ahne fehlte, und von da an fand sie jeden Morgen Zeit, der alten Frau herunterzuhelfen, so daß sie mit dem ersten Sonnenstrahl schon behaglich auf ihrem Bänkchen saß. Die Ahne hörte übel und hätte doch nach Art alter und tauber Leute gar gern gewußt, was verhandelt wurde. Wenn's in der Spinnstube laut und lustig herging und über einem Spaß ein schallendes Gelächter ausbrach, dann sah sie begierig von einem zum andern und fragte auch wohl:»Was? wie? was hat er gesagt?« Hier und da schrie ihr dann eines ein paar Worte in die Ohren; sie merkte aber wohl, daß das nicht alles war, und oft war es ihnen nicht der Mühe wert, es zu wiederholen. Jetzt aber setzte sich das Margetle mit ihrer Kunkel dicht neben die Ahne; sie hatte eine Stimme wie eine Glocke, und berichtete ihr alles, was geredet wurde, in so drolliger Weise, daß bei den andern ein neues Gelächter entstand und die Ahne oft die Heiterste in dem ganzen Kreis war. Am Sonntag führte sie sie noch etwas weiter, ins Hausgärtlein, wenn sie auch den Kirchgang drob versäumen mußte, und laß ihr das Evangelium und ein schönes Lied, auch eine Predigt oder ein Gebet aus dem Habermännlein vor, und das alte Weib und das junge Mädchen wurden immer mehr gut Freund miteinander.

Es war die helle Gutherzigkeit, die das Margetle bewog, sich der Ahne anzunehmen; doch hatte sie noch einen Grund, warum sie sich am liebsten zu ihr hielt: sie konnte mit ihr am meisten von ihrer seligen Mutter plaudern, die sonst bei jedermann vergessen schien. Es war freilich auch nicht viel, was die Ahne von ihr wußte:»Deine Mutter ist hier geboren, aber im vierzehnten Jahr schon fortgekommen; ihr Gedächtnis in Ehren, aber sie hatte so ein bißchen etwas Hoffärtiges, ihr Sinn stand nach der Stadt; – es hieß, sie sei in vornehme Dienste gekommen und sei mit einer Herrschaft weit fortgezogen; man hat gar lang nichts mehr von ihr gehört.

»Endlich ist sie wiedergekommen, viele Jahre, nachdem sie von hier fortgegangen war; aber es sah nicht aus, als ob ihr's gut gegangen wäre; sie ist elend gewesen, sie habe die Blattern gehabt, war auch voll Narben, man sah's wohl. Du warst ein klein miserabel Tröpflein, vielleicht zwei Jahr alt. Wer dein Vater gewesen, weiß ich nicht so recht, glaub' ein Soldat; sie hat nicht viel davon geredet, auch von ihrer Herrschaft nicht; sie sagte nur, daß diese nicht schön an ihr gehandelt habe. Sie war von den Blattern fast blind geworden und konnte nur noch spinnen; weil sie aber eine Ausbundspinnerin war, so hatte sie bei uns das ganze Jahr Arbeit. Gesund ist sie nimmer recht geworden, und wie sie gestorben ist, hat dich meine Söhnerin dabehalten; war mir zuerst nicht lieb, aber jetzt ist's gut, daß du da bist.«

Mehr erfuhr Margetle nicht von dem Schicksal ihrer Eltern; aber sie dachte viel darüber nach und mußte sich die großen Lücken mit allerlei seltsamen und törichten Gedanken ausfüllen. Die Königin mit der goldenen Krone aus ihrem Traum fiel ihr, sie wußte nicht warum, oft dabei ein und allerlei wunderbare Geschichten, die sie schon gelesen von vornehmen Kindern, die in Niedrigkeit erzogen worden waren. Zumal wenn sie allein mit den Schafen auf der Weide war, kein Geschäft hatte, als ihren Strickstrumpf und ihre Gedanken, wurden solche Träume in ihr wach; dann fiel ihr aber wohl auch ein Spruch ein, den predigte sie sich mit lauter Stimme wie ein Pfarrer:»Liebes Kind, bleibe gern im niedrigen Stande! denn das ist besser denn alles, was die Welt nachtrachtet.« Und sie flocht sich wieder einen Blumenkranz und lachte und sagte:»Das ist auch eine Krone.«

2.

Manch schönes Jahr war über dem Hof und seinen Bewohnern hingegangen, seit Margetle zum erstenmal ihren königlichen Traum kundgegeben hatte. Sie war immer noch das arme Margetle, aber sie war dabei zur schönen kräftigen Jungfrau erwachsen; ihr helles Auge hatte sich nicht getrübt, und ihre geschickte Hand war nur geschickter und flinker geworden. Sie war gar eine nette, appetitliche Person, und wenn sie nur den Stall putzte oder Dünger spreitete, so sah sie dabei sauberer und reinlicher aus, als manch andere auf dem Tanzboden. Eine kleine Königin war sie doch, obgleich die demütige Magd des Hauses. Der Bauer tat nichts ohne ihren Rat, wenn er's gleich nicht merken lassen wollte; die Bäuerin ließ Haus und Hof ruhig unter Margetles Aufsicht, wenn eine Taufe oder eine Kirchweih sie einmal veranlaßten, über Feld zu gehen; die Dienstboten hatten sie alle lieb, weil sie sich keiner Arbeit entzog und keinen Verdruß machte, und der Ahne, die nur selten noch das Kämmerlein verlassen konnte, war sie ihr Herzblatt.

Und doch hatte sie keine goldenen Tage, und weniger als sonst hörte man ihren fröhlichen Gesang durchs Haus. Nicht allen im Haus war sie gleich lieb, nicht alle hatte sich die kleine Königin Untertan machen können. Lise war nun auch erwachsen und wäre gar zu gern eine schöne Jungfrau gewesen. An ihrer Bemühung lag's nicht, wenn sie nicht allenthalben bewundert wurde; sie hängte die buntfarbigsten Tücher um sich und einen halben Kramladen von Bändern und Krägen und Rustern; aber es hatte, wie man sagt, nichts eine Art an ihr. Wenn sie Sonntags in ihrem neuen, roten Kleid einherstolzierte, riefen die Buben hinter ihr: Feurio! Und das Margetle in ihrem Kittel und kurzen Rock und dem schwarzen Bandhäubchen sah tausendmal hübscher aus. In allen Geschäften war Lise täppisch und ungeschickt, und mehr als einmal konnte sie in die Ohren hören:»Wenn die Jungfer da nur halb soviel nutz (brauchbar) wäre wie die Magd!« Auf Tänze ging Margetle nie und Lise sehr oft; da wurde sie aber manchmal gefragt:»Warum habt Ihr 's Margetle nicht mitgebracht?« und das ärgerte sie gewaltig, daß man nach so einem Gottswillenkind nur frage. Aber das ließ sich nicht ändern; das Margetle hatte einen Anstand und bei aller

Freundlichkeit doch so ein sicheres Wesen, daß man sie gar oft für die Tochter vom Hause hielt, wenn diese in ihrem Staat daneben stand. Das ärgerte Lise, sie haßte Margetle darob und tat ihr zuleide, was sie konnte, und das Gefühl, von jemand gehaßt zu werden, ist ein fressender Wurm an einem warmen Herzen, wie unverdient auch der Haß sei.

Mit Georg war es anders; der war längst ein stattlicher Bursch und ein tüchtiger Bauer, wenn er auch von stillem Wesen war und wenig Worte machen konnte. Er war im Alter, sich zu verheiraten, und sein Vater wünschte, daß er eine recht reiche, angesehene Bauerntochter ins Haus führe. Dazu war er aber nicht zu bringen, wie oft ihn auch der Vater in die Häuser der Gegend führte. Als endlich die Eltern darüber verdrießlich waren, sagte er der Mutter im Vertrauen:»Mutter, ich will Euch nicht zuwider tun und kein Weib nehmen ohne Euren Willen; aber wo ich hinkomme, sehe ich eben keine wie das Margetle, so fromm und so fleißig, so gescheit und so säuberlich. Ich weiß wohl, daß ich die nicht nehmen darf, aber solange ich so keine finde, will ich lieber gar nicht heiraten.« So unschuldig nun Margetle daran war, so waren eben doch die Eltern böse, daß das arme Kind nun verhindern solle, daß ihr Sohn ein Weib heimführe, wie sich's für einen rechten Bauern gehöre. Lise merkte es auch, und so dumm sie sonst war, war sie doch pfiffig genug, die Eltern aufzureizen:»Ja, die Margaret sei die Allerlistigste und könne sich überall einschmeicheln. Bei der Großmutter werde sie einen sicherlich noch ums Erbe bringen, und sie suche sie auch überall zurückzudrängen; es werde nicht Ruhe im Haus, solange sie da sei.«

Margetle merkte bald, wie anders alles gegen sie sei, und sah die Ursache. Es war ihre Sache nicht, in Trübsal hinzuleben, solange es einen Ausweg gab, und auf den besann sie sich.

An einem besonders schönen Sonntag saß die Ahne wieder einmal im Gärtchen, und Margetle las ihr aus der Bibel vor. Sie waren an der Geschichte des Abraham, wie der Herr den Ruf an ihn ergehen läßt:»Geh aus deinem Vaterland und aus deiner Freundschaft in ein Land, das ich dir zeigen will!«Margetle ließ das Buch in den Schoß sinken und fragte:»Was meinet Ihr, Ahne, wenn ich auch ausginge in ein Land, das mir der Herr zeigen wird?«

»Was meinst, Mädle?« fragte die Großmutter erschrocken, »wirst doch nicht auswandern wollen?«

»Das nicht, ich wüßte nicht, woher ich's Geld dazu nehmen sollte; aber die Frau, der ich Butter bringe in der Stadt, weiß einen guten Dienst für mich; da dachte ich, ich wolle mich verdingen, weil's hier eben doch nicht mehr ist, wie's gewesen.« Und sie fing an zu weinen.

»Hast recht, arm's Tröpfle, 's ist nicht mehr so,« sagte die Ahne; »das merk ich, so alt und so dumm ich bin. Du bist unschuldig an allem, und du hast recht, daß du gehst, du kommst überall unter. Wie's mir geht, wenn du fort bist, das weiß unser Herrgott; ich weiß wohl, warum sie dich von mir wegbeißen, sie sollen sich aber brennen (gewaltig täuschen)! Geh du nur in Gottesnamen!«

Als die Bauersleute Margetles Entschluß hörten, erschraken sie doch; das wußten sie wohl, daß niemand ihr wachsames Auge und ihre geschickte Hand ersetzen könne. Sie rechneten ihr's zuerst für Undank, daß sie sie jetzt verlasse, wo man so viel an ihr getan und sie »aus dem Gröbsten herausgerissen habe.« Nach näherer Überlegung fanden sie aber doch, daß es das beste sein werde und gaben ihre Einwilligung.

Als Margetles Abschiedstag kam, da schien alles vergessen, und es war eine Trauer auf dem Hof, als ob man eine geliebte Leiche forttrüge. Die jüngeren Kinder hingen schreiend an ihren Kleidern und wollten sie nicht fortlassen; die Bäuerin steckte immer wieder etwas in ihren Reisebündel: ein paar Ellen Leinwand, etwas dürr Obst, weil's in der Stadt so hungrig zugehe, und suchte dadurch ihre Liebe zu zeigen und ihre Betrübnis zu verbergen. Der Bauer und Georg hatten in der Frühe schon Adieu gesagt, weil sie auf den Acker gefahren waren; unter dem Vorwand aber, er habe etwas vergessen, kam der Bauer wieder zurück, und als er dem Margetle die Hand noch einmal gab, drückte er einen Taler hinein: »Da, das hast zum Andenken, und wenn dir's nicht gut geht, so komm wieder, zu jeder Stund, bei Tag oder Nacht! Du weißt, wo du daheim bist.«

Auch die Knechte und die Hausmagd weinten mit (seit Margetle erwachsen war, hielt man nur noch eine Magd auf dem Hof). Nur Lise blieb in der Stube und gab Margetle kaum die Hand, als diese ihr die ihre bot mit den Worten:»Adieu, Lise, verzeih' mir, wenn ich etwas Leids getan hab, und trag mir's nicht nach!«

Sie stieg noch hinauf in das Stübchen der Ahne, die war am tiefsten betrübt.

»Mit mir dauert's nimmer lang, wenn du fort bist,« sagte sie;»behüt dich Gott, er lasse dir's wohlgehen! an mir allein hast du den Himmel verdient.«»Ahne, ich hätte noch eine Bitte,« sprach Margetle.

»Ja, was denn?«

»Ahne, ich weiß, daß Ihr noch eigen Vermögen habt, und daß Ihr's gut mit mir meint; wenn Ihr im Sinne habt, mich mit etwas zu bedenken, so bitt' ich Euch ernstlich, laßt das gehen! Ich nehm's für empfangen an; aber 's ist mir recht ernst, wenn ich Euch das bitte; nicht wahr, Ihr tut mir's zuliebe?«

»Du Einfältig's, das hab' ich noch niemand bitten hören. Jetzt bist freilich noch jung und stark; aber es wird eine Zeit kommen, wo du froh sein würdest an einem Notpfennig.«

»Wenn ich bete und arbeite, solange ich kann, so wird mich der liebe Gott im Alter auch nicht darben und betteln lassen, das weiß ich gewiß. Sie sollen mir nicht nachsagen, daß ich Euch um des Erbes willen gepflegt und in Ehren gehalten habe.«

»So, da sitzt's! Ja, du hast nicht unrecht, und ich will dir den Willen tun. Einen Hochmut hast aber doch; gelt, die Königin steckt dir noch im Kopf? Mädchen, laß dich nicht vom Teufel berücken und mach' keine dummen Streiche, wenn dir das Vornehmsein im Kopf steckt!«

»Wenn der liebe Gott etwas Besonderes mit mir vorhat,« sagte Margetle mit blutrotem Gesicht,»so wird er selbst Wege finden; ich suche sie nicht.«

»So, so,« murmelte die Alte vor sich hin,»so, so, da denkt sie noch dran. Los (hör'), Margetle, vermachen will ich dir nichts, wenn du willst; aber da ist mein Gesangbuch mit dem Silberbeschläg, das schenk' ich dir zum Andenken. Ich hab' noch das alte von meiner Mutter; ich brauch's nicht, und einen Vers hab' ich für dich aufgeschlagen und aufgezeichnet, den merk' dir, wenn dir vornehme Gedanken in den Kopf steigen; das ist die rechte Vornehmheit.«

Margetle las:

»Schenke, Herr, auf meine Bitte
Mir ein königlich Gemüte,
Einen königlichen Geist,
Mich als dir vermählt zu tragen,
Allem freudig abzusagen,
Was nur Welt und irdisch heißt.«

Das ging ihr tief in die Seele. Sie schied unter den Segenswünschen der Alten; die Kinder gaben ihr das Geleit fast bis ans Ende der Markung. Als sie auch von denen Abschied genommen hatte und allein ihres Wegs ging, sieh, da stand an einem Baum noch der Georg, der konnte aber nicht sprechen vor Weinen; er streckte ihr nur die Hand dar. Auch dem Margetle war das Herz gar schwer: »Behüt dich Gott, Georg, sei ein guter Sohn deinen Eltern!« – mehr konnte sie nicht sagen.

Wie sie aber mit ihrem schweren Herzlein gegen die Tore der Stadt kam und ihr bange werden wollte unter dem Getrieb der vielen Leute, da hörte sie mit allen Glocken zusammenläuten, sie wußte nicht warum. Es war vielleicht eine Leiche, da nicht Kirchtag war; ihr aber machte der Glockenklang ein getrostes Herz: »Überall ein Himmel über einem, und überall eine Kirche,« dachte sie; »da ist man nicht zu allein.«

Und guten Mutes, wenn auch recht bescheiden, zog die junge Königin ein in ihr neues Reich.

3.

Das Stadtleben und das Stadtgeschäft war eine neue Welt für Margetle, und sie brauchte eine Weile, bis sie festen Fuß darin gefaßt hatte; doch nicht zu lange. Wer seine Freude darin sucht, eine anvertraute Arbeit recht zu tun, der wird nicht lange ungeschickt darin bleiben. Die Frau Oberstin, bei der sie im Dienst war, rühmte bald, wie sie noch nie ein so williges und fähiges Mädchen gefunden, und der Herr Oberst lobte das sittsame, entschlossene Wesen, mit dem sie sich bei jungen Leuten in Respekt zu setzen wußte. Wie eine Dame sich ihres geschmückten Salons freut, so freute sich Margetle ihrer schönen blanken Küche, und so sparsam sie sonst im Interesse ihrer Herrschaft war, so wußte sie doch ihrer Herrin immer etwas abzuschwatzen zu hübschem neuen Küchengerät, das ihr noch fehlte.

Sie blieb aber gar nicht lange in der kleineren Stadt, die nicht fern von dem Bauernhof lag. Der Herr Oberst wurde in die Residenz versetzt, und nur ein einziges Mal war sie noch auf den Hof gekommen, nach dem sie doch immer ein wenig Heimweh hatte. Sie hatte die Ahne sterbend verlassen, und es war ihr fast ein Trost, daß sie die gute Alte in ihrer Ruhe wußte, ehe sie so viel weiter fortzog.

Da machte Margetle Augen, als sie die breiten Straßen und prächtigen Häuser der Residenz sah, und gar das Königsschloß! Sie mußte lachen, wenn ihr der alte Traum einfiel.

Sie wohnten in einem großen, vollbesetzten Hause; da fehlte es nicht an Umgang mit gebildeten Stadtmägden, welche die Neue mit den Herrlichkeiten und Genüssen der Stadt, soweit sie ihnen zugänglich waren, bekannt machen wollten, auch sonst mit allerlei kleinen Vorteilen. »Gehen Sie auf den Markt?« fragte die Magd vom Parterre, die eben auch den Korb am Arm hatte.

»Ja,« sagte Margetle, der es höchst unbequem war, daß sie mit ihren Standesgenossen per Sie sprechen sollte, und die daher gleich das Du einführte.

»Wieviel hast du Marktgeld machen können in L.?« fragte die Stadtmagd wieder.

»Marktgeld, was ist das?«

»Ach, stell' dich nicht so dumm! das weiß man überall. Weißt, Butter und Eier sind immer zu verschiedenen Preisen auf dem Markt, da kauft man natürlich so wohlfeil als möglich. Der Frau aber rechnet man immer ein paar Kreuzer weiter, ganz mit Recht; es ist ja unser Verdienst, daß wir so wohlfeil eingekauft haben; das gibt dann jede Woche etwas. Du glaubst nicht, was das im Jahr für ein nettes Geld ausmacht, und die Frau merkt und spürt gar nichts davon.«

Margetle fühlte gar keine Versuchung zu solcher Unredlichkeit, ihr graute davor; im ersten Augenblick dachte sie, es sei wohl um des Friedens willen besser, zu schweigen und zu tun, als ob sie nicht viel dagegen hätte. Da regte sich aber der »königliche Geist«, und sie sagte:»Behüt mich Gott davor! das ist gestohlen, so gut als ob du es deiner Frau aus der Kasse nähmest. Fürchtest du nicht, daß diese unrechten Kreuzer dir den verdienten Gulden fressen?« Und sie wandte der neuen Bekanntschaft den Rücken und suchte allein ihren Weg auf den Markt.

Eine andre neue Bekannte lud sie ein zu einer Sonntagsbelustigung, zum Spaziergang in einen Biergarten. Es war ein sonnenheller, schöner Tag, einer von den klaren Märztagen. Margetle, die immer noch Heimweh nach der frischen Luft hatte, willigte gern ein. Zuerst war's auch ganz nett, die Mädchen setzten sich ins Freie, lachten und plauderten. Doch kam's dem Margetle eben gar nicht wie Sonntag vor; die stille Sabbatfeier auf dem Dorf, wo alles Ruhe atmet, kam ihr wehmütig zu Sinn. Später kamen Soldaten und machten ihre Späße mit den Mädchen; es wurde getrunken, es wurde getanzt; ein flotter Soldat wollte dem Margetle die Ehre antun, sie zur Tänzerin zu holen. Die Tanzmusik klang recht lockend, aber in ihrer Seele klang ein andrer Ton: .

»Einen königlichen Geist,
Mich als dir vermählt zu tragen,
Allem freudig abzusagen,
Was nur Welt und irdisch heißt.«

»Ich danke,« sagte sie,»am Sonntag tanze ich nicht.«

»Ach,« sagte der beleidigte Soldat, »die Jungfer wird sich geirrt haben; sie wird haben in die Pietistenstunde gehen wollen.«

»Ich glaub' selbst, daß ich mich geirrt habe,« erwiderte Margetle ruhig und ging aus dem Garten.

So wild und lärmend die Gesellschaft war, wagte doch keines, ihr nachzugehen oder sie zu verhöhnen.

Die Frau Oberstin war eine gute Frau, aber sie hatte sehr viele Bekannte und war beständig eingeladen in Visiten und zu Landpartien. Sie lamentierte sehr darüber; aber sie ging doch, und ihre Kinder waren gar oft sich selbst überlassen. Werktags waren sie in der Schule, und Sonntagnachmittags besuchten sie andre Kinder oder wurden von den Eltern mitgenommen; aber Sonntagvormittags war gewöhnlich der größte Lärm, weil sie sich nie um die Spielsachen vertragen konnten.

»Marie,« rief Alfred, »was tust du mit den Bauhölzern! Mädchen bauen nicht; gib sie mir im Augenblick!«

»Ja, aber dann mußt du mir meine Porzellanfigürchen geben!«
»Nein, die brauch ich gerad'; die müssen auf dem Altan herumstehen, wenn mein Haus gebaut ist!«

Ehe noch dieser Streit entschieden war, schrie die kleine Melanie, welcher Gustav ihre geputzte Puppe genommen hatte, um ihr einen Schnurrbart zu malen; Marie warf aus Rache dem Alfred sein halberbautes Haus ein: kurz, es war ein kleiner Krieg, der sich fast jeden Sonntag in verschiedenen Formen wiederholte. Dem Margetle tat das schon lange weh. Auf dem Dorf waren die Kinder auch keine Engel gewesen, aber doch hatte die Bäuerin nie Lärm und Streit am Sonntag gelitten.

»Bscht, Kinder, 's ist Sonntag!« war ein Ruf, dem sie immer zu folgen gewohnt waren.

Eines Sonntagmorgens tummelte sich Margetle, recht bald fertig zu werden und in die Kinderstube zu kommen; die Kinder hatten sie alle sehr lieb. Sie traf wieder den alten Lärm und sollte gleich verschiedene Zwistigkeiten entscheiden. »Ei was,« meinte sie, »das G'spiel ließe ich ganz bleiben; ihr habt ja nur Streit darum; da ist's bei uns Kindern auf dem Hof viel netter am Sonntag gewesen, und wir haben nichts zum Spielen gehabt.«

»Ja, das wird schön gewesen sein!« meinte Alfred geringschätzig.

»Ja, erst noch!« sagte Margetle. »Weil man uns nicht in die Kirche mitgenommen hat, so haben wir daheim Kirchles gespielt, die Laube im Garten ist unsre Kirche gewesen; dann haben wir zuerst gesungen, – ich glaub', ihr könnt gar nicht singen.«

»Nicht singen?« rief Marie, »und ich habe doch schon Stunde bei Madame Milano!«

»Und wir singen immer in der Schule,« sagte Alfred stolz.

»Je nun, so wollen wir einmal einen Choral singen,« schlug Margetle vor, »einen recht schönen: ›Wie schön leucht't uns der Morgenstern‹. Gebt acht, ich will vorsingen!«

Und Margetle, die zwar keine Schule, aber eine schöne, klare Stimme hatte, hub an; die Kinder stimmten ein, selbst die kleinen; es gab eine etwas kuriose Musik, aber sie waren alle höchst vergnügt dabei, besonders Melanie und der Gustav.

»So, jetzt wollen wir auch etwas lesen,« sagte Margetle. »Ist recht,« bewilligte Alfred gnädig, »da oben ist das Märchenbuch.«

»Ach was, das ist doch verlogenes Zeug,« meinte Margetle; »das ist nichts für den Sonntag. Gebt acht, ich hole euch meine Bibel und lese vom Joseph, das ist schön!«

»O, das wissen wir schon lang!« riefen Alfred und Marie, »das ist langweilig!«

»Langweilig? da wißt ihr's schlecht; das ist schön, wie keine andre Geschichte; ihr habt's gewiß noch nicht in der rechten Bibel gelesen, hört nur einmal!«

Margetle brachte ihre Bibel, die Kinder willigten ein, und sie fing an vorzulesen. Aber das Vorlesen war gerade ihre Stärke nicht, obgleich sie der Ahne viel und oft gelesen hatte. Alfred meinte, er wolle besser lesen, und es ist wahr, er las deutlich und ausdrucksvoll, daß ihn Margetle sehr bewunderte. Marie wollte sich auch hören lassen. Die Kleinen, welche die Geschichte nicht wußten, hörten mit großer Begierde und Verwunderung zu; darüber freuten sich die Großen:»Ja, gebt acht, wie schön es erst kommt!« und sie ergötzten sich an ihrer Überraschung. Der Sonntagmorgen verging so schnell wie noch keiner. Am nächsten Sonntag wollten sie schon von selbst wieder Kirchles spielen, und dabei fiel doch im Ernst mancher gute Same in ihre Herzen. So hatte sich Margetle wieder ein kleines Reich gegründet.

In den ersten Tagen des neuen Aufenthalts hörte sie morgens, als sie die Zimmer heizte, vom obern Stock ein entsetzliches Husten, Pusten und Räuspern, so daß sie endlich hinaufging, um nachzusehen.

Da saß ein alter Herr in einem ziemlich zerrissenen, schmutzigen Schlafrock im Ofenloch und blies und blies an einem Feuer, das immer rauchte und nicht brennen wollte.

»Sie wollen einheizen?« fragte Margetle.

»Freilich, und es brennt nicht!« seufzte der aus dem Ofenloch,»so ein eigensinniges Feuer ist mir noch nicht vorgekommen.«

»Lassen Sie mich einmal hin!« bat Margetle. Der alte Herr schlüpfte mit Vergnügen heraus. Margetle legte Holz und Späne besser zurecht, und ein kräftiges Blasen aus ihren gesunden Lungen brachte alsbald das Feuer zum lustigen Brennen, worüber der alte Herr höchst vergnügt und zufrieden wurde. Margetle erbot sich, wenn es ihre Frau erlaube, ihm alle Morgen diesen kleinen Dienst zu leisten. Die Frau Oberstin hatte nichts dagegen.

»Du kannst ihm tun, was du willst, bekommen wirst du nichts dafür; er soll blutarm sein.«

Daran hatte Margetle noch gar nicht gedacht.

Dem Herrn Doktor Wurmser droben war eine große Last abgenommen, seit eine so willige Hand sein Zimmer wärmte; er war Margetle sehr dankbar und schloß bald nähere Bekanntschaft mit ihr. Er war ein alter gelehrter Herr, ein Schriftsteller, nicht eben ein Adler, aber einer vom Bienengeschlecht; er schrieb und schrieb unermüdet: Jugendschriften, Volksschriften, Andachtsbücher, die trug er alle zusammen aus einer Masse von alten und neuen Büchern, die seine ganze Schlafkammer und sein Wohnzimmer so anfüllten, daß kaum sein Schreibpult und sein Bett aus dem Büchermeer hervorragten. All seine Schriftstellerei aber brachte ihm nicht ein, was ihn nur die Bücher schon gekostet hatten; er war arm und hatte keine Seele auf der Welt. Seine ganze Bedienung war ein kleiner Bube, der dreimal in der Woche kam, um Ausgänge für ihn zu besorgen; sein Bett machte er selbst, seine Stube reinigte weder er noch sonst jemand. Der Hausbesitzer fürchtete schon lang, die Zimmer werden im Schmutz zugrunde gehen; aber er mochte den stillen, friedfertigen alten Herrn nicht vertreiben.

Das war ein Fest für das säuberliche Margetle, als sie an einem freien Nachmittag Erlaubnis erhielt, dem alten Herrn seinen Bücherstall zu misten, wie sie sich ausdrückte! Sie schickte den Herrn Doktor spazieren und lüftete und stäubte ab und fegte, daß es eine Art hatte; dazwischen blieb sie oft stehen und schlug die Hände zusammen oder lachte hell auf über dem Wust und der Büchermenge. Der alte Herr schlug freilich auch die Hände zusammen, als er sah, wie sie unter seinen Büchern gehaust hatte; sie standen zwar in schönster Ordnung beisammen, aber ohne alle Rücksicht auf den Inhalt, nur wie der Einband zusammenpaßte, Geographie neben Gebetbüchern, alles durcheinander. Nun, er hatte wohl Zeit, sie wieder zu ordnen, und es war ihm doch unbeschreiblich wohl, seit er wieder frische, reine Luft schöpfen und durch die hellen Fensterscheiben den Himmel sehen konnte.

Das Margetle wurde sein großer Liebling, er liebte sie wie eine Tochter, und da er ihr sonst nichts zugut tun konnte, so lieh er ihr Bücher, soviel sie nur wollte. Das war ihr eine große Freude, nur fand sie leider nicht viel Zeit zum Lesen.

Den Sonntagnachmittag aber hatte sie, abwechselnd mit der Hausmagd, frei. Da setzte sie sich dann nach der Kirche in die Laube im Hausgärtchen und wählte aus den schönen alten Andachtsbüchern des Doktors eines und hielt so recht Sonntag in ihrem Herzen. Die Magd vom Parterre, die ihr lange feind gewesen war, hatte sich doch seit jenem Gespräch vor dem Marktgang beständig innerlich beunruhigt gefühlt; allmählich näherte sie sich Margetle, die ihr, da sie ihren Sinn erkannte, nun mit herzlicher Liebe entgegenkam. Andre Dienstmädchen aus der Nachbarschaft schlossen sich mit der Zeit an und teilten Margetles Sonntagserbauung. Hier und da machten die Mädchen auch an schönen Sonntagen einen stillen

Spaziergang zusammen oder versammelten sich bei einer, die eine etwas größere Kammer hatte, und sangen schöne Lieder; und sie fingen ihre Woche nachher viel frischer und fröhlicher an, als die andern, die auf einer Lustpartie ihre Zeit und ihr Geld verloren hatten. Und ohne es gewußt und gewollt zu haben, war Margetle wieder die Königin dieses kleinen Kreises.

4.

Der Doktor nahm immer größeren Anteil an dem Mädchen, es schien ihm etwas ganz Besonderes in ihrem Wesen zu liegen; er konnte nicht glauben, daß sie wirklich das Kind armer Dorfleute sein sollte. Margetle plauderte gern mit dem alten Herrn und erzählte ihm, was sie wußte, von ihrer Kindheit, von dem Hof, nach dem sie immer noch Heimweh hatte; von der fröhlichen Zeit, wo sie Schafe gehütet, und auch einmal von ihrem Königstraum, und wie sie darob verlacht worden sei. »Und was das dümmste ist, Herr Doktor,« schloß sie, »daß ich selbst habe nun und nimmer den Traum vergessen können, und daß er mir allemal wieder einfällt, wenn ich lang glaube, jetzt sei ich mit fertig.«

»Wirklich, in der Tat?« fragte der Doktor, der selbst viel mehr in der Welt seiner Bücher, als in der wirklichen lebte und daher leicht an wunderbare Begebenheiten glaubte, und nachdenklich fuhr er fort: »Ja, ja, etwas Besonderes ist an dir, wenn's auch nicht gerade zu einer Königin reicht; wer waren denn eigentlich deine Eltern?«

Margetle berichtete getreulich, was sie von der Ahne über ihre Mutter gehört hatte.

»So, so,« sagte der Doktor wieder, »ja, da ist noch viel Unergründetes dabei; sag' mir, Kind, ist denn nichts unter deiner Mutter Nachlaß, das Aufschluß geben könnte über ihre Vergangenheit?«

»Ja, da ist nichts, als was ein armes Weib eben hinterlassen kann; die Mutter hat vorher gar viel aus Armut verkauft, mit ihren alten Kleidern hat man mich nach und nach montiert. Ja, fällt mir ein, ein feines, feines Nastuch ist darunter, ganz schön gestickt mit einer Krone, und ich selber hab' ein gar schönes Nuster (Halsband) mit einem goldenen Dukaten dran, das hab' ich als Kind lang getragen, es sei für die Augen gut, hat die Mutter gesagt, und ich hab's von meiner Dote (Patin); wer aber die Dote gewesen ist, weiß ich nicht.«

»Hast du die Sachen hier?« rief in großem Eifer der Doktor, dem die Angelegenheit immer wichtiger wurde.

»Ja, aber ganz unten in meiner Kiste, am Sonntag will ich's Ihnen zeigen; jetzt muß ich hinunter, ich habe zu lang geschwätzt.«

»Nur eins noch, Kind!« rief der Doktor, als sie ging;»hast du nicht auch ein Muttermal an dir, ein Zeichen wie eine Rose oder so? – das führt oft zu Entdeckungen.«

»Ei, bewahre!« sagte Margetle und wurde rot,»ich bin säuberlich am ganzen Leib; da ist nirgends ein Fleckchen,« und eilig sprang sie hinab.

Der Doktor brachte die Sache nicht aus dem Sinn. Alle wunderbaren Begebenheiten von geraubten, verlorenen und ausgesetzten Kindern, die er schon gelesen und in seine Sammlungen gebracht hatte, fielen ihm ein, der Kaspar Hauser und alles mögliche; und je mehr er den sichern Anstand des Mädchens, ihre natürlichen Fähigkeiten und ihre Scheu vor allem Gemeinen erwog, desto gewisser wurde ihm, daß sie nicht das Kind einer armen Spinnerin sei. Ein adliges Aussehen hatte sie zwar gerade nicht; sie war gesund und stark und rotbackig, eine untersetzte Gestalt, nicht zart und schlank, wie man sich Prinzessinnen denkt;»aber das macht die Erziehung, die schwere Arbeit,« dachte der Doktor,»ein paar Augen hat sie doch wie die Sonne.«

So wenig der Doktor mit der Welt lebte, so genau studierte er doch die Zeitungen und die Wappenkunde nebst der Genealogie aller fürstlichen und gräflichen Häuser, und hoffte daher, wenn er einige Anzeichen hätte, leicht dem Geheimnis auf die Spur zu kommen.

Auch Margetle, so oft sie sich selbst darüber auslachte und sich die Sache aus dem Sinn schlagen wollte, mußte Tag und Nacht an des Doktors Vermutungen denken, und konnte selbst kaum den Sonntag erwarten, wo sie ein ruhiges Plauderstündchen mit dem alten Herrn finden könnte. Die Kirche wollte sie deshalb doch nicht versäumen; aber es ist zu fürchten, daß sie nicht so andächtig war wie sonst; denn in der Tasche hatte sie die zwei wichtigen Erbstücke, welche sie nach der Kirche dem Doktor vorlegte, der seine schärfste Brille aufgesetzt hatte, um sie gehörig zu untersuchen.

Das Taschentuch war etwas vergilbt, aber vom feinsten Battist; in der Ecke war eine Grafenkrone, und darunter die Buchstaben M. v. H. gestickt.»Da haben wir's!« rief der Doktor,»wie käme das in den Besitz einer armen Dorfspinnerin?«

»Aber sie war ja im Dienst; da könnte sie's von einer Herrschaft bekommen haben,« wandte Margetle schüchtern ein.

»Papperlapapp!« rief der Doktor ungeduldig, »solch ein Taschentuch schenkt man keiner Magd, und gestohlen hat deine Mutter nicht!«

»Gewiß nicht!« beteuerte das Mädchen.

»Nun zu Numero 2,« sprach der Doktor. Das Kollier war von Bernstein; eine goldene Taufmünze hing daran; den Schluß bildete ein glattes, goldenes Schlößchen, auf dessen äußerer Seite ein sehr fein gearbeitetes Wappen, auf der inneren eine Schrift graviert war, die Margetle nie hatte lesen können. Der Doktor studierte mit der Brille; endlich machte er einen Sprung. »Richtig, richtig!« rief er wieder; »da steht: *Marguerite, Comtesse de Hohenstein, 1812*, und das ist das Wappen derer von Hohenstein, eines der ältesten gräflichen Geschlechter; das Kollier ist dir natürlich als ein Wiedererkennungszeichen umgebunden worden, und du bist das Kind der Gräfin Marguerite, das ist Margarete; es trifft alles zu!«

»Aber warum sollte man mich denn ...?« fragte Margetle leise, es wurde ihr ganz schwindlig.

»Ausgesetzt haben oder weggegeben, meinst du? Ach, da kann's verschiedene Gründe geben: Erbschaftsstreitigkeiten, Ehezwist, was weiß ich! Deine Geburt fällt ja noch in die Kriegsjahre, da hat's allerlei Durcheinander und Unruhe gegeben; es ist ganz klar.«

Dem Margetle war's noch nicht klar; sie mußte sich setzen und den Kopf auf die Hand stützen; es ist doch noch ein großer Unterschied zwischen Traum und Erfüllung.

Der gute Doktor aber war seiner Sache gewiß und voll Eifer. »Übereilen dürfen wir nichts,« sagte er, während er all seine Genealogien und Wappenbücher herbeischleppte. »Ich muß jetzt erst die Familienglieder gründlich studieren, um der Geschichte auf die Spur zu kommen. Die Sachen laß mir; und du geh' auf dein Kämmerlein und laß dir nichts merken, Kind! zu rechter Zeit soll's schon ans Licht kommen.«

Margetle ging und war still; aber ruhig war sie darum nicht, eine ganze Welt von neuen Gedanken ging in ihrem Kopfe auf. Zum erstenmal wurde sie wegen ihrer Zerstreutheit getadelt, und sie nahm es dazu noch gleichgültig auf; was würde die Frau Oberstin wohl sagen, wenn sie erführe, daß eine Gräfin indes ihre Betten gemacht, ihre Schuhe geputzt und die Windeln gewaschen hatte! Der Doktor war vollauf im Geschäft, er machte sogar Ausgänge, was eine Seltenheit war. Gegen Margetle war er still; nur einmal sagte er ihr:»Steht alles gut, allem nach ist sie gefunden!« Am Samstag hieß er sie seinen alten Staatsrock, der von merkwürdiger Gestaltung war, ausklopfen, und ein längst verschollenes Manschettenhemd unter seinem Weißzeug hervorsuchen. Margetle staunte über diese Anstalten; er aber nickte ihr geheimnisvoll lächelnd zu und sagte nur:»Für dich, Kind, geschieht alles, – für dich.«

Ein Stock mit silbernem Knopf wurde noch aus einer Kastenecke hervorgesucht, und in diesem Prachtaufzug humpelte er die Stiegen hinab und durch die Straßen, unbekümmert um das Gaffen der Leute und das Lachen der Gassenbuben.

Diesmal war Margetle mehr als neugierig, was wohl der Doktor von ihrer Herkunft in Erfahrung bringen werde; zum erstenmal ließ sie das Zimmer halbgeputzt stehen und wartete oben an der Stiege, bis er wiederkam. Er kehrte ziemlich bald zurück mit ganz rotem Gesicht und noch wichtigerer Miene als zuvor.

»Fast ganz im reinen!« flüsterte er dem harrenden Margetle zu; »sieh nur, daß du heute abend auf mein Zimmer kommst; ich hab' dir was Wichtiges zu sagen.«

Ach, wie langsam verging dieser Tag, und wie flink arbeitete Margetle, um es möglich zu machen, bald nach dem Abendessen zu dem alten Herrn zu kommen! Die Hand zitterte, in der sie ihr Lämpchen hielt; sie blies es aus und mußte sich gleich setzen, weil sie vor innerer Bewegung nicht ruhig stehen konnte.

»Nun, mein Kind,« begann der Doktor, »sollst du alles in Kürze erfahren. Ich habe bald in der Genealogie gefunden, daß eine Gräfin Margarete von Hohenstein lebt, die, aus unserem Lande gebürtig, sich früher schon längere Zeit hier aufgehalten hat und später ins Ausland zog. Sie hatte einige Kinder, die fast alle gestorben sind; die Notizen sind hier sehr ungenau, was gerade meine Vermutung wahrscheinlich macht; und was das Merkwürdigste ist, sie hält sich eben jetzt in hiesiger Stadt auf! Ich habe das erfahren, geh' gleich drauf los, laß mich gestern bei ihr melden und lege ihr die Gegenstände vor; sagte ihr bloß, daß sie im Besitz eines armen Mädchen seien, das, auf dem Dorf erzogen, hier in Diensten stehe.«»Nun, und was sagte sie?« fragte Margetle glühend vor Erwartung.

»Sie war erstaunt, bewegt, nicht so sehr, wie ich erwartet hätte; aber vornehme Leute wissen ihre Gefühle an sich zu halten, besann sich eine Weile, dann sagte sie:»Darf ich Sie bitten, lieber Doktor, mir das Mädchen so bald als möglich vorzustellen?« Das versprach ich natürlich und empfahl mich dann. Hätte mein Lebtag nicht geglaubt, daß ich so gut mit hohen Herrschaften umgehen könne; ja, ja, das macht wohl, daß ich so lang mit einer kleinen Gräfin verkehre!« setzte er lachend hinzu.

»Und glauben Sie denn wirklich, daß ich der Gräfin angehöre?« fragte Margetle, die eigentlich schon mehr Gewißheit erwartet hatte.

»Glauben? – da ist kein Zweifel! wofür wollte sie dich denn sehen? Gleich morgen habe ich versprochen, dich zu bringen; putz dich nur schön heraus!«

»Nun, morgen ist's eben geschickt; die Herrschaft fährt früh über Land und nimmt alle Kinder mit, da haben wir beide Mädchen freie Zeit.«

»So, gut; jetzt gute Nacht, Kind! wird bald zum letztenmal sein!« sagte der Doktor wehmütig.

Margetle ging; aber so müd sie war, sie konnte lange nicht einschlafen, und jetzt, wo ihr Traum Wahrheit werden sollte (denn eine Gräfin und eine Königin, das war in ihren Augen kein großer Unterschied), jetzt spürte sie mehr Bangen als Freude. Würde denn die vornehme Mutter sie erkennen, sie, das arme, unwissende Bauernmädchen? würde sie sich denn ihrer nicht schämen müssen? Dann dachte sie freilich auch wieder an all das Glück, das ihr bevorstand, an das Erstaunen ihrer Herrschaft, der andern Dienstmädchen, und vollends des Hofbauern und der Bäuerin, denen sie zur Tochter viel zu gering gewesen war; die würden Augen machen, wenn sie mit der gräflichen Mama angefahren käme! Aber der Georg fiel ihr ein, sie hatte erst in diesen Tagen gehört, daß der immer noch unverheiratet sei; das war doch ein treues Herz, und es müßte wohl schön sein, wenn sie als Gräfin den schlichten Bauernsohn erwählen würde. Aber das würde die vornehme Mama doch nimmermehr gestatten! In so vielen Gedanken schlief sie ein und schlief gesund bis zum frühen Morgen, wo ihr erst wieder der Gedanke aufs Herz fiel, was heute für ein wichtiger Tag sei.

5.

Die Herrschaft war abgefahren und Margetle kleidete sich an; das war heute keine leichte Arbeit. Gewaschen hatte sie sich schon, und das so sauber, als sollte es auf ein Jahr vorhalten; die Zöpfe geflochten und die Haare so schön glatt gekämmt wie Samt. Als sie aber an den übrigen Anzug kam, da schien's ihr zum erstenmal recht einfältig, daß sie bis jetzt ihrer Dorftracht getreu geblieben war; sie meinte, wenn sie nur auch städtisch gekleidet ginge, so wäre der Unterschied doch nicht so gar groß. Und doch hätte sie in keinem Anzug hübscher sein können, wie sie so mit dem alten Herrn dahin schritt in dem reinen, dunkeln Sonntagsanzug, das kleine Häubchen mit Bändern auf dem glänzend schwarzen Haar und die langen, schöngeflochtenen Zöpfe hinabhängend; dazu ein reiches Granatenhalsband, das sie sich erspart, und das frische, blühende, unschuldige Gesicht mit den klaren, braunen Augen; selbst der alte Doktor sah sie mit Vergnügen an, und meinte in seinem Herzen, die Frau Gräfin brauche sich ihrer nicht zu schämen.

Sie kamen in dem prächtigen Hotel an, wo die Gräfin wohnte; Margetles Herz klopfte fast hörbar, als sie in dem Vorzimmer auf Einlaß warteten. Das Zimmer der Gräfin wurde ihnen geöffnet, die Dame war allein.

»Hier, Euer Exzellenz, ist das besprochene Mädchen,« sagte der Doktor, und führte das schüchterne Mädchen hinein;»ich habe die Ehre, mich untertänigst zu empfehlen.« Und so ging er fort, so eilig er nur konnte, obgleich ihm die Gräfin nachrief, zu bleiben; er hielt es für passender, daß solch ein Wiedersehen ohne Zeugen bleibe.

Die Gräfin, eine stattliche Dame von etwa fünfzig Jahren, in einem prächtigen blauseidenen Kleide, saß auf einem Lehnstuhl und grüßte das Mädchen freundlich; Margetle zitterte an allen Gliedern vor innerer Bewegung.»Setz' dich, Kind!« sprach die Gräfin gütig, die Mitleid mit ihrer Schüchternheit hatte;»sind diese Sachen wirklich dein?«

»Gewiß und wahrhaftig!« beteuerte Margetle.

»Du hast sie von deiner Mutter; wie hieß diese?«

»Christine Hillerin aus Vellburg.«

»Hast du sie noch gekannt? – wo ist sie gestorben?«

»Ich kann sie mir kaum mehr vorstellen. Sie ist weit her aus dem Dienst gekommen, sie ist fast blind gewesen und nie recht gesund; da hat sie auf dem Tannenhof gesponnen, und wie sie gestorben ist, hat mich der Bauer behalten.«

»Hat sie nie von ihrer früheren Herrschaft erzählt?«

»Nein, die Ahne auf dem Tannenhof wußte nur, daß sie gesagt habe, ihre Herrschaft habe nicht schön an ihr gehandelt.«

»Das mußte sie glauben,« sagte die Gräfin mit Tränen in den Augen; »liebes Kind, diese Herrschaft war ich, du hast rechtschaffene Eltern gehabt, und der Segen ihrer Treue soll über dich kommen.«

Fast erleichtert sah Margetle zu der Gräfin auf, obgleich das so ganz anders kam als sie gedacht hatte.

»Nun hör' mir zu!« begann die Gräfin: »Ich will dir alles erzählen, es ist eine lange Geschichte:

»Mein Mann, der selige Graf Hohenstein, war Offizier, und wir haben früher in hiesiger Stadt gelebt. Als wir später ein Gut bezogen, das uns in Bayern zugefallen war, nahm ich deine Mutter als meine liebste und brauchbarste Dienerin mit mir. Mein Mann hatte einen Soldaten, einen ehemaligen Kriegsgefährten, in seinem Dienst, und die beiden Leute verheirateten sich, nachdem sie uns lang und treu gedient hatten. Mein Mann hat ihnen ein eigenes Häuschen bauen lassen, und sie arbeiteten auf unserem Gute gegen reichlichen Lohn. Du warst mein Patchen, und ich habe dir selbst als Patengeschenk die Bernsteinschnur umgehängt, die der Herr Doktor mir gezeigt.

»Da ließ sich mein Mann bereden, an dem unseligen Feldzuge nach Rußland teilzunehmen; dein Vater, sein alter treuer Genosse zog mit ihm. Ich ging mit meinen Kindern nach München und nahm deine Mutter mit mir, die mir längst mehr eine Freundin als eine Dienerin war, und die Furcht und Hoffnung dieses unseligen Feldzugs treulich mit mir teilte.

»Im Juni waren die Krieger ausgezogen, im Dezember kam mein Mann zurück, fast ohne Kleider, krank, mutlos und allein. Dein

Vater hatte ihm mit aufopfernder Treue durch alle Schrecken jenes entsetzlichen Kriegs zur Seite gestanden. Einmal mußten sie in einer elenden Feldhütte Nachtrast halten, ihr Feuer erlosch, mein Mann war betäubt vor Kälte und Mattigkeit; er fühlte nur noch wie im Traum, daß Hiller seinen eigenen Pelz, alles, was er noch von Kleidern um sich hatte, um ihn wickelte, aber er hatte keine klare Besinnung. Am Morgen erwachte er aus gesundem Schlaf, auch sein treuer Diener schlief – um nicht mehr zu erwachen; er war erfroren und hatte so sein Leben gelassen aus Treue für seinen Herrn.

»Wir gelobten deiner Mutter, daß wir sie und ihr Kind nie verlassen und an ihnen die Treue des Vaters vergelten wollten.

»Ein Unglück kommt selten allein. Wir waren eben im Begriff, nach Italien abzureisen, wohin mein Mann zur Stärkung seiner gebrochenen Gesundheit gehen sollte, als meine zwei Töchterchen an den Blattern erkrankten. Ich stellte unsern Dienstboten frei, das Haus im Augenblick zu verlassen, wenn sie diese entsetzliche Krankheit fürchteten. Alle gingen, deine Mutter blieb. Da ich fast ganz durch die Pflege meines Mannes in Anspruch genommen war, so ließ sie sich mit den kranken Kindern einschließen, obgleich sie selbst noch leidend war durch die Trauer um deinen Vater; dich, die damals ein zartes Kind war, brachte sie in Pflege zu einer braven Frau, um dich vor Ansteckung zu sichern. Meine Emilie starb in ihren Armen; das Tuch, mit dem sie ihr den Todesschweiß abgewischt, behielt sie zum Andenken. Klara, meine jüngste, genas, und nun mußte die Reise schleunig angetreten werden. Am Vorabend der Abreise erkrankte deine Mutter, wir konnten die Reise nicht mehr verschieben; aber unserer Haushälterin, die allein noch vom früheren Dienstpersonal da war, empfahl ich aufs dringendste, für ihre sorgfältige Verpflegung zu sorgen und mir zu melden, wenn sie imstande sein würde, uns zu folgen. »Ich hörte lange nichts von München, da mein Mann so leidend war, daß ich Tag und Nacht sein Lager nicht verließ; auf meine erste Nachfrage schrieb mir die Haushälterin, daß deine Mutter an den Blattern gestorben sei und bald nachher auch ihr Kind an allgemeiner Schwäche.

»Ich traute diesem Weib; ich wußte nicht, daß sie, von Habgier und Neid verzehrt, deiner Mutter schon lang feind gewesen war um der vertrauten Stellung willen, die sie bei uns im Hause gehabt; so zog ich damals ihre Berichte gar nicht in Zweifel. Sonst stand ich in München mit niemand im Verkehr, da ich dort sehr eingezogen gelebt hatte.

»Vier Jahre blieben wir an verschiedenen Aufenthaltsorten in Italien und der Schweiz, bis sich meines Mannes Zustand etwas gebessert hatte. Die Wohnung in München war natürlich aufgesagt worden und die Haushälterin entlassen. Ehe wir unser Gut wieder bezogen, reiste ich aber dorthin, um das Grab meiner guten Christine aufzusuchen und Näheres von ihr zu hören. Mit vieler Mühe erfuhr ich, daß die Haushälterin, die selbst die Ansteckung fürchtete, sie ins Spital habe bringen lassen und sie durch den Arzt versichern ließ, mein Mann habe es befohlen. In den Totenlisten des Spitals fand sich ihr Name nicht; ich hielt das für ein Versehen und glaubte sie tot, da ich gar keine Kunde von ihrem Leben erhielt.

»Jetzt erst, seitdem ich die Nachrichten von deinem alten Doktor gehört, ist mir klar, daß sie wohl gleich nach ihrer notdürftigen Genesung das Spital und die Stadt verlassen hat und, tief gekränkt über unsern anscheinenden Undank, sich in ihre alte Heimat zurückzog. Wir hatten sie so sehr als zu uns gehörig angesehen, so wenig gedacht, sie jemals von uns zu lassen, daß wir nie gesorgt hatten, ihr ein unabhängiges Vermögen zu sichern; das war freilich unklug gewesen. Hätte sie nur wenigstens unser Gut aufgesucht, wo ja noch ihr Häuschen stand! Aber sie hatte immer ein stolzes Herz, und weil sie glaubte, daß ihr so groß Unrecht durch uns geschehen, wollte sie uns wohl nichts mehr zu danken haben. Nie kann ich mir verzeihen, daß diese treue Seele fern von uns in Armut und Kümmernis starb; an dir, liebes Kind, will ich's aber gut machen. Ich bin indes auch Witwe geworden, mein einziges Kind ist verheiratet; da tut mir's wohl, wieder ein treues Gemüt um mich zu haben.«

Margetle hatte in diesem Augenblicke ihre Hoheitsträume vergessen; sie weinte um das traurige Schicksal ihrer Eltern, sie freute sich ihres ehrenvollen Andenkens, und es kam ihr als eine wahre Sünde vor, daß sie nur je habe wünschen können, das Kind einer andern Mutter zu sein. Sie war so froh, daß die Gräfin nichts von ihren dummen Gedanken wußte, und wurde rot, wenn diese sie nur anblickte, weil sie fürchtete, sie lese es aus ihren Augen.

Nun versprach ihr die Gräfin, sie wolle in den nächsten Tagen zu ihrer Herrschaft und diese bitten, sie ihr abzutreten: »dann sollst du bei mir bleiben und ich will besser sorgen für dich, als ich es für deine arme Mutter getan.«

Tief bewegt und doch mit leichterem Herzen, als sie gekommen, ging Margetle wieder nach Hause; sie meinte, es sei inzwischen wohl ein Jahr verflossen, und wunderte sich, daß die Köchin jetzt eben erst das Mittagessen auftrug.

Der Doktor war indessen in unruhiger Erwartung rastlos in seinem Stübchen auf- und abgegangen. Er erwartete nichts anderes, als daß Margetle mit der Gräfin alsbald im Wagen anfahren werde, bereits in gräfliche Gewänder gekleidet; ob er sie nur auch wieder erkennen würde? Oder kam sie am Ende gar nicht und hatte in ihrem Glück bereits ihren treuen alten Freund vergessen?

Noch war er im Besinnen, als er Margetles raschen, leichten Tritt die Treppe herauf hörte, und das alte Margetle, im schwarzen Bandhäubchen und kurzen Rock sprang herein, gab ihm die Hand und konnte vor Lachen und Weinen kaum zu Atem und Worten kommen.

»Nun was ist's?« fragte der Doktor gespannt.

»Nichts ist's mit der Grafschaft!« lachte Margetle.

»Und die Sachen, das gräfliche Wappen, der Name?«

»Meine Mutter ist einmal Magd gewesen bei der Gräfin, daher hatte sie das Sacktuch und die Kette.«

»Armes Kind!« sagte der schwergetäuschte Doktor mit langem Gesicht, »und ich alter Narr habe dich in vergeblichen Hoffnungen eingewiegt, habe dir am Ende deinen ehrlichen Stand entleidet, nun deine schönen Träume zu Wasser geworden sind!«

Da hub Margetle ernstlich an, ihm zu erzählen, was sie von ihren Eltern gehört, wie die beiden im Dienst der Treue ihr Leben gelassen und wie die Gräfin ihre Patin sei und mütterlich für sie sorgen wolle. »Das alles hätte ich nicht erfahren, wenn Sie nicht gewesen wären, Herr Doktor, und das kann ich vor Gott sagen, seit ich jetzt weiß, daß ich so brave Eltern gehabt, freut mich das besser, als wenn ich adlig geworden wäre, und daß ich's weiß, verdank' ich

Ihnen. Denken Sie nur, wie wär' ich denn herumgelaufen in so einem langen Schlamprock, wie sie die Fräulein tragen! Da kehr' ich doch die Gasse lieber mit dem Besen, als mit meinen Kleidern.«

Da ward der Doktor zufrieden und lachte herzlich mit dem Mädchen.

6.

Die Gräfin nahm Margetle zu sich, und obwohl sie Dienstmädchen blieb, so wurde sie doch mit mütterlicher Güte behandelt. Die Dame gewann eine herzliche Liebe zu dem Mädchen und behielt sie fast immer um ihre Person; sie selbst lehrte sie noch besser schreiben, und zeigte ihr die Handarbeiten, welche sie noch nicht verstand; da sie ein sehr stilles, zurückgezogenes Leben führte, war es ihr leicht, sich viel mit dem Mädchen zu beschäftigen. Margetle blieb auch hier fröhlich, fleißig und dienstwillig gegen jedermann. Den alten Doktor durfte sie besuchen, so oft sie wollte, und ihm mit schönen Büchern oder sonst einem Geschenk eine Freude machen. Die Gräfin kaufte die ganze Auflage eines Andachtsbuches von ihm, das er selbst hatte in Verlag nehmen müssen, und diese reichliche Einnahme setzte ihn in stand, ein Mägdlein zu bestellen, das ihm all die kleinen Dienste tat, die ihm Margetle geleistet hatte, und wenn der alte Herr sein Margetle nun so herzensfroh und so geliebt in ihrer neuen Lage sah, da sonnte er sich recht in ihrem Anblick und sagte wohl auch lächelnd vor sich hin: »Ja, ja, der liebe Gott ist doch allemal wieder gescheiter als unser eins!«

Der Bäuerin hatte Margetle, seit sie nun in der Feder geübter war, einmal geschrieben, und ihr die glückliche Veränderung ihrer Lage gemeldet. Viel Briefschreiben ist eben nicht Sitte auf dem Dorf: so bekam sie keine Antwort; aber sie hatte oft ein großes Verlangen, etwas von dem Hof zu hören oder nur einmal noch hinzukommen.

Die Erbschaftsangelegenheit, welche die Gräfin in die Residenz geführt hatte, war bereinigt. Sie wollte nun wieder auf ihre Familiengüter zurückkehren, die ihr Sohn in Besitz hatte; es verstand sich von selbst, daß Margetle, die nun Margot hieß, mit ihr ging. Diese freute sich unbeschreiblich, wieder aufs Land zu kommen, sie war in der Stadt nie recht heimisch geworden.

Schon war sie mit den Anstalten zur Abreise beschäftigt, als man sie eines Morgens hinausrief. Da stand auf der Hausflur ein junger Bauer, der verlegen seinen Hut in der Hand hielt. »Georg!« rief Margot mit einem hellem Freudenschrei, »du bist's? wo kommst du her?« Georg war so sehr erfreut, daß er das Margetle wieder sah, und daß sie ihn so freundlich grüßte, daß ihm zuerst gar nicht einfiel, warum er gekommen war. Es war eine traurige Veranlassung. Seine Mutter war schon seit Wochen todkrank, die Lise verheiratet; »'s geht aber nicht gut,« schaltete er ein. Es war nun niemand, der sich der Pflege der Frau und der vielfachen Geschäfte annahm; »da bist du uns eingefallen,« schloß er, »und dem Vater und der Mutter wär's recht, wenn du kämest, und sie lassen dich herzlich grüßen und schön bitten, du sollest uns in dieser Not nicht stecken lassen. Und wegen dem Lohn,« schloß er leise und schüchtern, »soll's dein Schade nicht sein.«

Die Gräfin hatte indes von Margots Gaste gehört; sie begrüßte ihn freundlich, und Margot mußte ihn ins Vorzimmer führen und reichlich bewirten.

Georg sah all diese schöne, glänzende Umgebung, in der sich das Margetle jetzt bewegte, als ob sie darin geboren wäre; ihre feine, niedliche Kleidung, zwar noch die alte, bäuerliche Tracht, aber von den feinsten Stoffen und zierlichem Schnitt; er sah, wie sie hier mehr wie ein Kind denn als Dienerin gehalten wurde. Das Herz wurde ihm schwer und er hatte gar keine Hoffnung, daß sie seine Bitte gewähren könne; er beschloß in aller Stille, wieder heim zu gehen. Da setzte aber Margot selbst der Gräfin sein Anliegen auseinander. »Seine Eltern haben mich aufgenommen, wie ich ein arm's Waislein war und hätte im Elend zugrunde gehen können,« schloß sie; »da ist's natürlich, daß ich sie nicht im Stiche lasse, wenn sie in Not sind; wenn Sie's erlauben, gnädige Frau, so gehe ich gleich mit dem Georg.«

»Geh' in Gottesnamen, Kind!« sagte die Gräfin freundlich, so weh ihr's im Herzen tat, sich von dem Mädchen zu trennen. Sie versprach ihr noch, mit ihrer Abreise zu warten, bis sie Nachricht habe, wie lang ihr Aufenthalt auf dem Hof dauern könne. Margot packte eilig ihre Sachen, nahm Abschied vom Doktor und von ihrer alten Herrschaft und saß bald auf dem Wägelchen neben Georg, der gar nicht Worte fand, ihr seinen Dank auszusprechen.

Margot, die jetzt wieder Margetle war, mußte fast weinen vor Freude, als sie die alte Umgebung, die wohlbekannten Felder, das unvergessene Haus und den Vorplatz mit dem alten, lieben Lindenbaum wieder sah. Als sie aber zu der Bäuerin eintrat und die sonst so kräftige Frau zusammengebrochen und abgezehrt auf dem Lager traf, da weinte sie laut vor Mitleid. Alles war froh, das Margetle wieder zu sehen. »Nun, gottlob, daß du da bist!« seufzte die Kranke; »'s ist nimmer recht worden bei uns, seit du fort bist.«

»Jetzt ist's recht!« rief der heimkommende Bauer, »jetzt Alte, lieg' du ruhig in dein Bett, jetzt geht's gut!«

Es freute das Margetle, zu sehen, daß sie doch etwas galt. Vertrauen macht stark, sie wollte es rechtfertigen und griff mit frischem, unverdrossenem Mute an.

Zum Heimweh nach der Residenz, nach der Frau Gräfin und ihrem behaglichen Leben dort hatte sie keine Zeit; sie war früh auf und kam fast nie zur Ruhe; bei Tag arbeitete sie rastlos, bei Nacht wachte sie bei der Kranken. Die ganze Umgebung des Hauses gewann wieder ein freundliches, ordentliches Ansehen unter ihrer Hand, und wenn sie eben noch im Stall oder im Garten gearbeitet hatte, so stand sie unversehens wieder am Bett der Kranken mit einem kräftigen Süppchen oder einem kühlen Trank und legte ihr die Kissen zurecht. Alles lebte wieder auf, selbst die Dienstboten waren zufrieden, da Margetle ihnen die Arbeit, soviel sie konnte, erleichterte und stets zu rechter Zeit für gutes Essen sorgte. »So hat's eine Art!« meinte der Bauer oft wohlgefällig, wenn er das rührige Wesen des Mädchens sah; »hätt' nicht geglaubt, daß sie's noch so könne.«

Georg war voll Besorgnis, daß Margetle sich zu viel zumute. So oft er sie allein sah, fragte er ängstlich: »Bist nicht arg müd'? schlaf doch auch besser aus! wirst gewiß noch krank.«

Margetle aber versicherte ihn: »Mir ist's jetzt erst wohl, das ist doch auch wieder geschafft! Mit dem Geklüsel in der Stadt wär' ich am Ende erst krank geworden.«

Die arme Kranke lebte nicht auf, so unaussprechlich wohl ihr auch die geschickte, zarte Pflege tat, die sich auf dem Land so selten findet. Ihr Leiden war ein unheilbares, und keine Pflege konnte ihr Leben verlängern.

7.

Die Bäuerin war gestorben, der stille Hauch der Trauer um die Mutter des Hauses dämpfte die laute Geschäftigkeit, und unwillkürlich ging jedes leise seinen Weg. Es war Sonntag, und Margetle, der Bauer und seine Kinder saßen im Gärtchen beisammen und redeten von der Verstorbenen, von ihrem Fleiß und ihrer Fürsorge in gesunden Tagen, von ihrem schweren Leiden, und wie ihr die Ruhe jetzt wohl zu gönnen sei.

Da sprang eine der Mägde atemlos herbei: »Eine Kutsch, eine Kutsch!« schrie sie, »eine prachtmäßige Kutsch fährt daher.«

Sie traten alle aus dem Gärtchen und sahen wirklich einen schönen Wagen mit zwei Pferden, auf dem schlechten Weg vielfach hin und hergewiegt, auf den Hof zufahren. Die Dame, die darin saß, ließ halten, und stieg heraus – es war die Gräfin. Margetle hatte in der großen Unruhe der letzten Wochen versäumt, ihr zu schreiben; da sie nun ihre Abreise nicht länger verschieben wollte, hatte sie beschlossen, selbst auf den Hof zu reisen, um nach ihrer Margot zu sehen und sie womöglich mitzunehmen.

Sie erfuhr den Tod der Bäuerin, sprach ihre herzliche Teilnahme gegen die Familie aus, hoffte aber, daß nun Margot ohne Schwierigkeit mit ihr gehen könne.

»Ja, sehen Sie, Ihr Exlenz,« hub der Bauer etwas verlegen an, »drum hat mein Georg schon seit langer Zeit her das Mädchen lieb gehabt, und ich muß sagen, uns ist's nicht recht gewesen: auf dem Todbett der Mutter hat ihr aber Georg seines Herzens Wunsch noch einmal anvertraut, und sie hat mit sterbendem Mund ihren Segen zu der Heirat gegeben, und mir wär's zweimal recht; ich gäbe dann den Hof meinem Sohn und setzte mich in Ruh.«

»Will denn Margot Euren Sohn?« fragte die Gräfin.

»Ja, das haben wir sie noch nicht gefragt,« sagte der Bauer.

»Nun, so will ich sie fragen,« sprach lächelnd die Gräfin. »Liebe Margot, entscheide dich aus freier Wahl, ob du hier bleiben oder mit mir ziehen willst! Du weißt, daß du mir lieb bist wie ein eigen Kind, und ich verspreche dir, daß ich gut für deine Zukunft sorgen will.«

Georg sagte kein Wort, er sah Margot nur traurig an; die aber besann sich nicht lange.

»Gnädige Frau,« sagte sie mit feuchten Augen, »Gott vergelte Ihnen, was Sie an mir getan! Ich habe Sie von Herzen lieb, aber nehmen Sie es nicht übel, wenn ich den Georg nehme; den habe ich vorher schon lieb gehabt, und ich meine auch, ich sei da doch besser daheim als bei Ihnen.«

»Bleib' du in Gottesnamen, Kind!« sprach die Gräfin; »ich glaube, du hast das Rechte gewählt, und sorgen will ich darum doch für mein Töchterlein; du sollst nicht mit leerer Hand in deines Mannes Haus kommen!«

Die Geschwister hatten's mit angehört und war eine große Freude auf dem Hof. Der Georg wäre gern vor Freude aufgesprungen und hätte Juhe geschrieen; aber es fiel ihm ein, daß er in Trauer sei, und daß sich das überhaupt gar nicht schicke für einen Mann, der nun bald heiraten und Haus und Hof übernehmen sollte.

8.

Und wieder ist manches Jahr verflossen, seit die kleine Schäferin ihre Herde eingetrieben; des Tannenbauers Haus steht noch, und jeder Stuhl darin ist gerade an demselben Ort, wo er zu seines Großvaters Zeiten gestanden. Das Margetle ist wieder auf dem Hof, aber nicht mehr das arme Gottswillenkind: sie ist die Herrin des Hofs und die Mutter des Hauses. Das Gretchen ist jetzt erwachsen und hängt mit großer Liebe an der Schwägerin; einer der Brüder des Georg ist nach Amerika gegangen, der andre arbeitet auf dem Hof und will sein Leben lang dableiben.

Der alte Tannenbaum ist noch ziemlich bei Kräften; er sagt, er müsse zweimal so lang leben wie ein andrer, weil ihn seine Sohns-frau so Pflege und in Ehren halte! Der alte Mann arbeitet noch mit, wo es geht; seine höchste Freude ist aber, Sonntags einen Gang auf die Felder zu machen und zu sehen, wie Gottes Segen, selbst in sonst schlimmen Zeiten, sichtbar auf seinem Eigentum ruht. Das reiche Hochzeitsgeschenk der Gräfin hat viel beigetragen, den Hof zu vergrößern und zu verbessern; noch mehr wohl der Fleiß und die Umsicht der Besitzer, die in Frieden und Eintracht so recht mit Lust und Lieb ihr Haus und Feld bestellen, und vor allem die echte Gottesfurcht, mit der sie nicht auf ihr eigenes Schaffen und Ringen, sondern auf die Augen des Herrn sehen, um den Segen für ihren Schweiß. Und neben all dem Gedeihen, das ihr zunächst, und bei dem Ansehen, in dem sie ringsum steht, hat Margetle nicht verges-sen, daß sie einst als ein armes Kind um Gotteswillen hier aufge-nommen wurde. Kein Armer geht ungetröstet vom Tannenhof; zur Erntezeit wird eine reichliche Tafel gedeckt, nicht nur für die Schnitter, sondern auch für die armen Ährenleser von nah und fern. Margetle war für alles, was ihr je gegeben worden, nicht so dankbar als für das, was sie jetzt geben darf.

Daß sie einmal in der Stadt gedient hat und der Zögling einer Gräfin war, das merkte man nicht an ihrer Kleidung, auch nicht an ihren Gebärden und ihrer Haltung; vielleicht sieht man's an der größeren Nettigkeit und Reinlichkeit, mit der sie Kinder und

Hauswesen hält, und an der gewinnenden Freundlichkeit und Leutseligkeit ihres Benehmens gegen jedermann.

Als Margetle vor zehn Jahren Hochzeit gehabt hatte und Besitzerin des Hofes wurde, da hatte sie mit ihres Mannes Einwilligung das Oberstübchen, in dem die Ahne gestorben war, ganz nett, fast wie ein Stadtlogis herrichten lassen. Dann war sie mit samt ihrem Mann in die Stadt gefahren; sie wollte den alten Herrn Doktor mit allen seinen Büchern herführen, damit er bei ihr ohne Sorge seine Tage beschließen könnte. Sie traf ihn nicht mehr lebend; man hatte ihn eines Morgens sanft eingeschlafen tot im Bette gefunden. Er hatte seine Margetle aber nicht vergessen, sondern ihr eine schöne und passende Auswahl seiner Bücher vermacht.

Margetle selbst hat freilich nicht allzuviel darin gelesen, aber für ihre Kinder war dies Erbe später ein köstlicher Schatz.

So hatte also der alte Herr sein Stübchen nimmer bezogen. Dafür hat aber Margetle die Freude erlebt, daß später einmal die Frau Gräfin mit zwei Enkeltöchterchen eine ganze Woche bei ihr zubrachte. Sie wäre wohl noch länger geblieben; aber die kleinen Komtessen haben soviel Butterbrot gegessen und süßen Rahm getrunken, daß ihnen immer übel wurde. Eh' die Gräfin schied, bestellte sie noch einen schönen Denkstein für die arme Spinnerchristine, ihre treue Dienerin.

Es ist ein schöner Sonntagabend, und die Familie sitzt, wie schon manchmal, in behaglicher Sonntagsruhe auf dem Vorplatz: Georg und Margetle auf der Hausbank, dem Ahne hat man seinen lederpolsterten Lehnstuhl in die Sonne gestellt, zwei rotbackige Knaben und ein lustiges Mädchen tummeln sich auf dem Hof, wie vor Zeiten der Georg und seine Geschwister. Statt des kleinen Margetles aber sitzt ihr ältester Bub in der Linde und liest mit lauter Stimme die Geschichte des Joseph aus der Bibel vor; er schreit dabei so gewaltig, daß der Ahne meint, der müsse Pfarrer werden. Über den vielen Träumen in Josephs Geschichte fiel dem Margetle ihr eigener verschollener Traum wieder ein, und sie sagte neckend und lachend zu ihrem Mann: »Gelt, mit der Königin ist's eben doch nix geworden.«

Georg aber sah seine munteren, gesunden Kinder an; er sah hinaus auf sein gesegnetes Erbe, und dachte an den Frieden seines Hauses; dann blickte er sein gutes, treues Weib an, und er hätte sich gern ausgesprochen, aber Georg war all sein Lebtag kein Redner gewesen. Da fiel ihm aber etwas ein und er rief seinem Jakob:»Du, gib mir die Bibel! ich will euch auch etwas lesen.« Er brauchte nicht lang zu suchen, er war wohl daheim in dem heiligen Buch, und er hub an zu lesen:

»Wem ein tugendsam Weib beschert ist, die ist viel edler denn die köstlichsten Perlen. Ihres Mannes Herz darf sich auf sie verlassen und Nahrung wird ihm nicht mangeln. Sie tut ihm Liebes und kein Leides sein Leben lang. Ihre Söhne kommen auf und preisen sie selig, und ihr Mann lobt sie: Viele Töchter bringen Reichtum, du aber übertriffst sie alle. Lieblich und schön sein ist nichts, aber ein Weib, das den Herrn fürchtet, soll man loben.«

Dem Margetle traten Tränen in die Augen und sie senkte ihr Haupt recht demütig, wie Wohl eine fromme Königin an ihrem Krönungstage.

Denn das war auch eine Krone.

Über tredition

Eigenes Buch veröffentlichen

tredition wurde 2006 in Hamburg gegründet und hat seither mehrere tausend Buchtitel veröffentlicht. Autoren veröffentlichen in wenigen leichten Schritten gedruckte Bücher, e-Books und audio-Books. tredition hat das Ziel, die beste und fairste Veröffentlichungsmöglichkeit für Autoren zu bieten.

tredition wurde mit der Erkenntnis gegründet, dass nur etwa jedes 200. bei Verlagen eingereichte Manuskript veröffentlicht wird. Dabei hat jedes Buch seinen Markt, also seine Leser. tredition sorgt dafür, dass für jedes Buch die Leserschaft auch erreicht wird.

Im einzigartigen Literatur-Netzwerk von tredition bieten zahlreiche Literatur-Partner (das sind Lektoren, Übersetzer, Hörbuchsprecher und Illustratoren) ihre Dienstleistung an, um Manuskripte zu verbessern oder die Vielfalt zu erhöhen. Autoren vereinbaren direkt mit den Literatur-Partnern die Konditionen ihrer Zusammenarbeit und partizipieren gemeinsam am Erfolg des Buches.

Das gesamte Verlagsprogramm von tredition ist bei allen stationären Buchhandlungen und Online-Buchhändlern wie z. B. Amazon erhältlich. e-Books stehen bei den führenden Online-Portalen (z. B. iBookstore von Apple oder Kindle von Amazon) zum Verkauf.

Einfach leicht ein Buch veröffentlichen: **www.tredition.de**

Eigene Buchreihe oder eigenen Verlag gründen

Seit 2009 bietet tredition sein Verlagskonzept auch als sogenanntes "White-Label" an. Das bedeutet, dass andere Unternehmen, Institutionen und Personen risikofrei und unkompliziert selbst zum Herausgeber von Büchern und Buchreihen unter eigener Marke werden können. tredition übernimmt dabei das komplette Herstellungs- und Distributionsrisiko.

Zahlreiche Zeitschriften-, Zeitungs- und Buchverlage, Universitäten, Forschungseinrichtungen u.v.m. nutzen diese Dienstleistung von tredition, um unter eigener Marke ohne Risiko Bücher zu verlegen.

Alle Informationen im Internet: **www.tredition.de/fuer-verlage**

tredition wurde mit mehreren Innovationspreisen ausgezeichnet, u. a. mit dem Webfuture Award und dem Innovationspreis der Buch Digitale.

tredition ist Mitglied im Börsenverein des Deutschen Buchhandels.

Dieses Werk elektronisch lesen

Dieses Werk ist Teil der Gutenberg-DE Edition DVD. Diese enthält das komplette Archiv des Projekt Gutenberg-DE. Die DVD ist im Internet erhältlich auf **http://gutenbergshop.abc.de**

Zeitfracht Medien GmbH
Ferdinand-Jühlke-Straße 7
99095 Erfurt, Deutschland
produktsicherheit@kolibri360.de